Hartmut Lange

Der Blick aus dem Fenster

Erzählungen

Diogenes

Umschlagillustration:
Félix Vallotton, ›Bois de Bologne‹,
1919 (Ausschnitt)

www.diogenes.ch
40/15/8/1
ISBN 978 3 257 06953 2

Ich bedanke mich
für die Mitarbeit meiner Frau

Inhalt

Der Blick aus dem Fenster

Kennt man das Gemälde von Gustave Caillebotte aus dem Jahr 1875? Man sieht eine Balustrade, dahinter, die Fensterflügel sind weit geöffnet, einen Platz. Genauer: Hier treffen mehrere Straßen zusammen, und da eine Häuserfront etwas zu sehr ins Zentrum hineinragt, ist die volle Sicht versperrt. Im Vordergrund steht ein junger Mann, hochaufgerichtet, die Hände in den Hosentaschen, wie in Gedanken versunken da, und in seinem Rücken erkennt man das plüschige Inventar des Zimmers: Ein mit Samt bezogener Stuhl und ein geblümter Teppich vermitteln den Eindruck von Gediegenheit. Das Gemälde zeigt ein Motiv aus dem klassizistischen Paris, und es dürfte schwierig sein, etwas Vergleichbares in Berlin zu entdecken, auch wenn man im Zentrum dieser Stadt, etwa in der Taubenstraße oder am Gendarmenmarkt, wohnt, wo die Häuserschluchten ähnlich strukturiert sind. Aber Giselher Reinhardt hatte alles Recht, nachdem er den Caillebotte in einem Bildband entdeckt hatte, zu behaupten, dass es von seinem Zimmer aus, wenn das Fenster geöffnet war, einen ähnlichen Ausblick gab.

Zugegeben: Bei Caillebotte sieht man zwei, drei Kutschen, und die Passanten, die den Platz überqueren, tragen lange, bis über die Knöchel reichende Kleider oder Mäntel. Dies und anderes mehr unterschied sich wesentlich von der Hektik des Verkehrs, die Reinhardt vor Augen hatte, und dass auf den Bürgersteigen tagsüber auch noch ein Gedränge herrschte, hinderte ihn daran, das Fenster zu öffnen. Aber nach acht Uhr abends, ja dann schon, begann es ruhiger zu werden, und Stunden später konnte es vorkommen, dass Reinhardt von dem Eindruck nicht loskam, er sähe, wie auf dem Gemälde von Caillebotte, statt der Autos, die den Platz überquerten, tatsächlich einige Kutschen.

Darüber musste er lächeln, und nachdem er das Fenster geschlossen und die Vorhänge zugezogen hatte, war das, was er einer flüchtigen Verträumtheit zurechnete, wieder vorbei.

Giselher Reinhardt war Ministerialbeamter, und was man beobachten konnte: Er verließ jeden Morgen seine Wohnung. Sorgsam schloss er die Tür ab, achtete darauf, dass der Fahrstuhl leer war, wenn er ins Parterre hinabfuhr. Er ging bis zur Friedrichstraße, die er überquerte, und nachdem er die Glinkastraße erreicht hatte, bog er nach rechts ab, um an der Ecke Unter den Linden im Café Einstein einen Espresso zu trinken. Dann, nachdem er gute zehn Minuten an der Theke gestanden hatte, verließ er das Café wieder, ging weiter in Richtung Mittelstraße und darüber hinaus bis zur Dorotheenstraße, und wenn er die stark befahrene Wilhelmstraße hinter sich gelassen hatte, betrat er das Regierungsviertel mit den Ministerien, jene Häuserschlucht aus dunklem Granit, die kalt und abweisend wirkte und die mit gläsernen Brücken versehen war, auf denen tagsüber ein geschäftiges Hin und Her herrschte. Hier hätte man, sozusagen als Passant von der Straße aus, ohne weiteres auch Giselher Reinhardt begegnen können. Im Inneren des Gebäudes aber blieb er so gut wie unauffindbar, und erst gegen Abend, meist nach neunzehn Uhr, verließ er das Regierungsviertel, um diesmal die Friedrichstraße entlang direkt bis zur Taubenstraße zu gehen.

Ja, Reinhardt war, was sein Privatleben anging, beinahe selbstlos. Für ihn galten ausschließlich alle Absprachen, alle Verpflichtungen, die er dem Ministerium gegenüber, in dem er arbeitete, eingegangen war. Dies nahm seine Zeit in Anspruch, damit war er, wie man so sagt, vollauf beschäftigt. Also: keine unnötigen Bekanntschaften, überhaupt keine privaten Verwicklungen, denen er sich hätte stellen müssen. Er war froh, wenn er nach getaner Arbeit allein in der Wohnung, die er gemietet hatte, saß. Die Zimmer wurden von einer Putzfrau in Ordnung gehalten, die auch dafür sorgte, dass die Dinge, die Reinhardt herumliegen ließ, dort verstaut wurden, wo sie hingehörten. Nur der Katalog, in dem der Caillebotte abgebildet war, das etwa zweihundert Seiten starke Buch, lag einmal hier, dann wieder dort, als würde es nirgendwohin gehören, und eines Abends, nachdem Giselher Reinhardt noch ein Glas mit Cognac gefüllt und der Versuchung nachgegeben hatte, damit vor die Balustrade zu treten, nachdem er das Glas mit ruhigen, bedächtigen Schlucken leergetrunken und beschlossen hatte, er war schon im Pyjama, endlich ins Bett zu gehen, eines Abends kam er, wie einmal schon, von dem Eindruck nicht los, da wären, statt der Autos, die den Platz überquerten, einige Kutschen.

›Ich sollte nicht zu oft in dem Caillebotte herumblättern‹, dachte Reinhardt, löschte das Licht und hatte bis gegen sieben Uhr, als der Wecker klingelte, einen guten Schlaf.

Aber ach. Man kennt die Anwandlungen, die sich, weil man sie loswerden will, aus ebendiesem Grund wiederholen, und niemand könnte plausibel machen, warum ausgerechnet ein Ministerialbeamter, der nüchtern und verlässlich war, der zu keinerlei Überspanntheiten neigte, warum ausgerechnet er, Giselher Reinhardt, Tage später etwas wahrnahm, das ganz und gar unwahrscheinlich genannt werden musste. Er war wie immer spät nach Hause gekommen, und irgendwann, es war gegen zwei Uhr nachts, hörte er ein unaufhörliches Rattern und Peitschenknallen, das vom Wohnzimmer her eindrang. Reinhardt bemerkte, dass er das Fenster vor der Balustrade offen gelassen hatte. Es wehte kalt herein. Also ging er erst einmal dorthin, und während er mit dem Vorhang, der sich verhakt hatte, beschäftigt war, während er versuchte, das Fenster zu schließen, sah er, dass auf dem Platz genau das geschah, was die Geräusche suggerierten.

Er sah eine Kutsche und wie der Kutscher die Pferde dazu anhielt, kaum dass sie die Mitte des Platzes erreicht hatten, wieder zu wenden. Irgendwann blieben die Pferde stehen, und nun sah er, wie die linke Tür der Kutsche geöffnet wurde und wie eine Frau vorsichtig über das hohe Trittbrett hinweg das Straßenpflaster betrat. Sie trug eine Pelerine, die Schute umrahmte ihr Gesicht, und es war unverkennbar, dass sie, nach Momenten der Unentschlossenheit, zu dem Fenster mit der Balustrade hinaufsah. Eine Weile noch ging sie auf dem Kopfsteinpflaster hin und her, wartete darauf, dass der Kutscher ihr beim Wiedereinsteigen behilflich sein würde. Aber da dies nicht geschah, überwand sie erneut das hohe Trittbrett, beugte sich, nachdem sie sich gesetzt hatte, hinaus, um die Tür zu schließen. Sekunden später war die Kutsche verschwunden.

›Ich bin überarbeitet‹, dachte Giselher Reinhardt und beschloss, sich über eine Sache, die ihn beunruhigte, Klarheit zu verschaffen.

Aber was sollte er tun? Die Mittel, die er in Erwägung zog, waren lächerlich. Sollte er sich tatsächlich, und womöglich hinter dem Vorhang versteckt, auf die Lauer legen und, falls die Kutsche vorfuhr, seinen Nachbarn als Zeugen herbeirufen? Sollte er sich bei der Hausverwaltung darüber beschweren, dass hier nachts ein ununterbrochenes Rattern und Peitschenknallen zu hören war?

›Was mache ich mir für Sorgen! Auf dem Platz vor meinem Fenster ist nichts weiter zu sehen, als was Caillebotte gemalt hat‹, dachte Reinhardt schließlich und ärgerte sich, dass er unfähig war, eine Verträumtheit, auch wenn sie sich wiederholte, einfach, ja warum nicht, zuzulassen.

Also nahm er den Katalog wieder zur Hand, versuchte herauszufinden, ob es tatsächlich jener Platz, jene Kutsche und vor allem jene Frau war, die er von seinem Fenster aus gesehen hatte. Es gab Unterschiede. Reinhardt sah, dass es auf dem Gemälde eine zweite Kutsche gab, aber weit entfernt und derart vage wie die beiden Schemen, von denen er nicht sagen konnte, ob es Passanten oder Gegenstände waren. Aber die Frau im Vordergrund erkannte er sofort, und sie trug, wie jene, die zu ihm aufgesehen hatte, eine Pelerine, die ihr bis zu den Knöcheln reichte. Dies konnte auch nicht anders sein, denn was Caillebotte gemalt hatte, gehörte einem anderen Jahrhundert an.

›Einem anderen Jahrhundert‹, dachte Giselher Reinhardt, und plötzlich glaubte er zu erkennen, dass er selbst, und in aller Deutlichkeit, mit einbezogen war.

Denn jener, der auf dem Gemälde vor einer Balustrade stand, wirkte keineswegs altmodisch. Im Gegenteil.

›Solch einen Anzug, auch noch bequem geschneidert, habe ich gestern erst getragen. Und dass er beide Hände in die Hosentaschen geschoben hat und etwas zu lässig, nämlich breitbeinig dasteht, auch das kommt mir irgendwie bekannt vor‹, dachte Giselher Reinhardt.

Am Tag darauf sah man, wie er im Lesesaal der Staatsbibliothek saß und mit Folianten beschäftigt war. Er fotografierte Gemälde und Kupferstiche aus dem alten Paris. Besonders die Gewohnheiten und Umgangsformen der Belle Époque schienen ihn zu interessieren, und nachdem er in die Häuserschlucht aus dunklem Granit zurückgekehrt war, begrüßte er an der Drehtür, die ins Innere des Ministeriums führte, einige Kollegen. Er hatte sie zum Mittagessen eingeladen, und als es so weit war, als sie in einem nahegelegenen Restaurant beieinandersaßen, erklärte er, er hätte einiges erlebt. Was genau, wolle er nicht verraten.

Man trank Crémant, hatte Verständnis dafür, dass Reinhardt, nachdem er gezahlt hatte, statt zur Dorotheenstraße in Richtung Taubenstraße ging. Er versprach, nach einer Stunde wieder im Büro zu sein, fuhr mit dem Fahrstuhl ins oberste Stockwerk, ließ, nachdem er die Wohnungstür geöffnet hatte, den Schlüssel im Schloss stecken, und es dauerte eine Weile, bevor er an der Garderobe seinen Mantel auszog.

›Wie komme ich dazu‹, dachte er, ›stundenlang in einer Bibliothek zu sitzen, um mir irgendwelche Notizen zu machen. Und wie komme ich dazu, irgendwelche Kollegen zum Essen einzuladen‹, dachte Reinhardt und war froh, dass er das, was ihn seit einiger Zeit beschäftigte, nicht auch noch ausgeplaudert hatte. ›Schluss damit‹, dachte er und nahm sich vor, die Blicke aus dem Fenster ab sofort und, wenn es nötig sein sollte, für längere Zeit zu unterlassen.

Er hielt die Vorhänge geschlossen, und auf die fragenden Blicke der Putzfrau, die, sozusagen im Halbdunkel, mit dem Staubsauger hantieren musste, ging er nicht ein. Er erlaubte lediglich, dass sie für eine Viertelstunde das Fenster öffnete, und sowie sie mit ihrer Arbeit fertig war, verriegelte er das Wohnzimmer. Nachts schlief er, um keine Geräusche zu hören, mit verstöpselten Ohren, aber er wusste natürlich, dass er unter diesen Umständen und in einer Wohnung, die nur noch aus Schlafzimmer und Küche bestand, auf Dauer nicht würde existieren können. Also nahm er das Ohropax wieder aus den Ohren, ertappte sich dabei, wie er für längere Zeit aufrecht im Bett saß. Offenbar wartete er darauf, ein Rattern und Peitschenknallen zu hören. Aber da war nichts, und diesmal war es die Stille, die ihn irritierte.

Er ging in die Küche, begann, obwohl es noch dunkel war, das Frühstück vorzubereiten, und nachdem alles, Teller, Tasse, Marmelade und der Honig, auf dem Tisch stand, trat er auf den Korridor hinaus, um die Tür zum Wohnzimmer aufzuschließen. Eine Weile blieb er, indem er die Vorhänge im Blick hatte, auf der Schwelle stehen, und was ihn schließlich veranlasste, auf das Fenster zuzugehen, um es zu öffnen, konnte man nur vermuten.

Auf den Häuserfassaden lag, obwohl nirgends

Laternen brannten, ein heller Schein. Weit und breit kein einziges Auto. Stattdessen fuhr eine Kutsche vor. Die linke Tür wurde geöffnet. Reinhardt sah, wie die Frau, die eine Pelerine trug, vorsichtig über das hohe Trittbrett hinweg das Straßenpflaster betrat, und es war ihm, als sie zu ihm aufsah, unmöglich, ihren Blicken auszuweichen. Er trat näher an das Fenster heran, beugte sich über die Balustrade, und als er bemerkte, dass es regnete und dass die zierliche Person dort unten keinen Schirm bei sich hatte, wollte er ihr etwas zurufen.

»Gnädige Frau«, wollte er rufen, »fahren Sie, um Gottes willen, wieder nach Hause. Sie sehen doch, es hat keinen Zweck, hier immer und immer wieder zu warten.«

Der Regen wurde stärker, so dass er gezwungen war, ins Zimmer zurückzutreten. Aber nun war ihm, weil die Balustrade zu hoch war, die Sicht genommen, und ob die Frau dort unten, weil sie keinen Schirm bei sich hatte, in die Kutsche zurückgekehrt war, konnte er nicht sagen, denn er war damit beschäftigt, das Parkett vor der Balustrade trockenzuwischen, und zuletzt versuchte er, sich jene, die er nicht mehr sah, wenigstens vorzustellen.

›Sie ist nicht groß. Vielleicht einen Meter sechzig‹, dachte Giselher Reinhardt, der, wie gesagt, Junggeselle war. Es kam selten vor, dass er Besuch empfing. ›Und nie‹, dachte er, ›hätte ich geglaubt, dass sich dies mit einem Blick aus dem Fenster ändern ließe.‹

Am nächsten Morgen fuhr er, wie gewohnt, allein mit dem Fahrstuhl ins Parterre. Und was auffiel: Er hatte den dunklen Anzug angezogen, und sein Verschwinden in dem Regierungsviertel, in jener Häuserschlucht aus Granit, dauerte diesmal länger als gewöhnlich. Dann verließ Reinhardt die Gegend wieder, und nachdem er die Taubenstraße erreicht hatte, betrat er jene platzähnliche Straßenkreuzung, die er von seinem Fenster aus im Blick hatte. Er begann, das Pflaster der Länge und der Breite nach abzuschreiten. Offenbar wollte er herausfinden, wo des Nachts die Kutsche gestanden haben könnte, und als der Verkehr für Augenblicke nachließ, zog er einen Zollstock aus der Jackentasche, schob ihn hierhin und dorthin, als ließe sich das, wonach er suchte, einfach vermessen. Auch wollte er wissen, wie genau man von hier aus Einzelheiten an seinem Fenster hinter der Balustrade erkennen konnte, und nachdem er in die Wohnung zurückgekehrt war, befürchtete er, dass es wieder regnen würde und dass jene, die keinen Schirm bei sich hatte, neben der Kutsche stehen und versuchen könnte, zu ihm aufzusehen.

Also beeilte er sich, die Vorhänge zurückzuziehen, trat, nachdem er ein Glas mit Cognac gefüllt hatte, ans offene Fenster und wartete. Noch war nichts weiter zu sehen als der übliche Verkehr, und der Lärm, den die Autos erzeugten, war ungeheuer.

›Geduld‹, dachte Giselher Reinhardt und trank das Glas mit ruhigen, bedächtigen Zügen leer. ›Geduld‹, dachte er, ›wenn ich nur lange genug warte, ist hier alles still‹, und er war froh, dass er dann keine Mühe mehr haben würde, sich mit einer Person bekannt zu machen, die nicht von dieser Welt, aber von einem berühmten Maler wenigstens überliefert war.

In der Karlstraße

Hamburg ist eine wunderbare Stadt, und es erübrigt sich, darauf hinzuweisen, wie zahllos hier die Gelegenheiten sind, sein Glück zu finden, und wem es nicht gelingt, der hat immerhin die Möglichkeit, in die nähere Umgebung, etwa nach Buchholz, auszuweichen. Es sind keine vierzig Kilometer, dann betritt man den Rathausplatz, sucht nach der Schützenstraße, und nachdem man die Karlstraße erreicht hat, entdeckt man inmitten einer Reihe von Geschäften einen kleinen Laden, dessen Schaufenster mit Antiquitäten vollgestellt ist, darüber in gotischer Schrift: »Alles Schöne«.

Es sind vor allem silberne Kerzenleuchter und Vasen aus Porzellan, dazu geschliffene Gläser, und wenn man den Laden betritt, sieht man, in Vitrinen und über mehrere Tische verteilt, antike Uhren und Schalen mit eingelegtem Perlmutt, dazwischen Broschen, Halsketten und andere Accessoires. In der äußersten Ecke eine Statue, die alles überragt.

Lydia, die den Laden gemietet hatte, wohnte im selben Haus, genauer im oberen Stockwerk, das sie über eine Wendeltreppe erreichen konnte. Drei Zimmer boten genügend Platz, und von hier aus sah man durch ein breit gehaltenes Fenster bis über die Grenze der Stadt hinweg, wo die Heide begann und wo es möglich war, auf Feldwegen spazieren zu gehen. Und wie oft war Lydia, wenn im Juli die Erikabüsche blühten, mit jemandem, in den sie verliebt war, unterwegs, und es konnte vorkommen, dass sie den Nachmittag über ein kleines Schild in die Eingangstür ihres Ladens gehängt hatte.

»Bin gleich zurück« war da zu lesen, und am nächsten Vormittag, im Schaufenster brannte eine Lampe, war das immer noch so.

Es war ein Zustand der Unordnung, in dem Lydia sich offenbar glücklich fühlte. Dann war sie, wenn sie Kundschaft empfing, besonders lebhaft und aufgeschlossen, und es gelang ihr, wobei sie Tee oder Kaffee anbot, dieses oder jenes kostbare Stück zu verkaufen. Hin und wieder gab sie ein Abendessen. Dann war sie gezwungen, den Laden umzuräumen. Sie brauchte Platz, hatte sich einen ausziehbaren Tisch besorgt, den sie als Buffet herrichtete. Auf der einen Seite standen Teller, Gläser und Besteck, auf der anderen mehrere Weinflaschen, und zuletzt hatten jene, die bis weit über Mitternacht am Tisch saßen, Mühe, sich zu verabschieden. Lydia sah zu, wie Richard, der ihr einen Ring geschenkt hatte, die angeheiterten Gäste in mehrere Taxis verfrachtete. Dann waren die beiden allein, und wieder hing an der Eingangstür das Schild mit der Aufschrift »Bin gleich zurück«.

Aber das Glück dauerte nicht lange. Der Sommer verging, und im September schon, spätestens in den darauffolgenden Wochen, konnte man beobachten, wie Richard immer wieder mit seinem Auto vorfuhr und wie er, wenn er den Laden betreten wollte, die Eingangstür verschlossen vorfand. Dann versuchte er, ins Innere zu sehen, wobei er etwas rief. Aber auch das Klopfen gegen die Scheibe, obwohl er wusste, dass sich Lydia im Laden aufhielt, hatte keinen Erfolg, und irgendwann, es war das letzte Mal, hielt er einen Blumenstrauß in der Hand, den er auf der Schwelle ablegte.

Lydia war unterdessen damit beschäftigt, die Gegenstände in den Vitrinen und auf den Tischen neu zu ordnen. Sie wischte Staub, kümmerte sich um die Statue, die in der äußersten Ecke stand, sie war aus weißem Zement und einem barocken Engel nachgebildet. Der rechte Flügel war erneuert, und auch sonst hatte man einige Risse sorgfältig ausgebessert. Lydia versuchte, sie näher ans Fenster zu rücken. Es gelang ihr nicht, denn, obwohl sie den Engel um einen Kopf überragte und alles, was sie anfasste, außerordentlich filigran war, der Sockel war massiv und schien auf dem Parkettboden wie festgeklebt.

›Wenn sie sich nicht verrücken lässt, bleibt sie eben, wo sie ist‹, dachte Lydia, und am nächsten Morgen, als sie die Jalousie an der Ladentür hochzog, entdeckte sie den Blumenstrauß.

Es waren Betunien mit farnähnlichem Zierkraut, und nun wurde ihr klar, dass er die Nacht über dort gelegen haben musste, ein Umstand, der ihr unangenehm war. Sie hob ihn auf, ging in die Küche, öffnete den Mülleimer, war aber außerstande, das Ganze, das ihr als trauriger Abschiedsgruß zugedacht war, einfach zu entsorgen. Eine Weile stand sie unentschlossen da, griff schließlich zu einer Vase, zwängte den Strauß, der zu groß war und dessen Blätter zu welken begannen, hinein, dann, nachdem sie Wasser eingefüllt hatte, stellte sie alles auf die Fensterbank.

In der darauffolgenden Woche fühlte sie sich wie befreit, plauderte mit der Kundschaft, war auch bereit, neue Ware, die man ihr anbot, in Kommission zu nehmen. Regelmäßig traf sie sich mit einer Freundin, mit der sie ein Bistro aufsuchte, oder man ging, wenn das Wetter es erlaubte, bis zum Rathausplatz spazieren. Es wurde viel gelacht, vielleicht wurden Erinnerungen ausgetauscht, und vielleicht redete Lydia über etwas, das längst bekannt war, nämlich dass sie wieder einmal eine Beziehung aufgelöst hatte, und sie musste sich eingestehen, dass es immer auf die gleiche Weise geschah.

Es begann mit einer leidenschaftlichen, unbedingten Phase der Zuneigung, in der es ihr schwerfiel, die Öffnungszeiten ihres Ladens einzuhalten. Dies war die Zeit, in der sie darauf bestand, die Verbindung, der sie verfallen war, zu legitimieren. Aber sobald der, den sie liebte, einwilligte, geschah etwas, womit sie nicht gerechnet hatte. Es war, als würde sich an ihrer Zuneigung etwas ändern. Allmählich stellte sich ein Gefühl von Ernüchterung ein, gegen das sie anzukämpfen versuchte, und zuletzt, wenn der Termin beim Standesamt feststand, konnte sie nicht sagen, warum ihr dies, und ohne jeden Grund, plötzlich gleichgültig geworden war. Dann ließ sie sich, es war wie ein Zwang, verleugnen, warf, was die Männer liegen gelassen hatten, etwa einen Handschuh, eine Tabakdose, die Zahnbürste oder den Schal, in eine Plastiktüte, und was schließlich damit geschah, darüber sollte man besser nicht reden.

›Was vorbei ist, ist vorbei‹, dachte Lydia, trat vor den Spiegel und konnte nicht umhin, mit ihrem Äußeren zufrieden zu sein.

Sie war einen Meter fünfundsiebzig groß, hatte dunkelblondes Haar. Das Gesicht war faltenlos, Schultern und Hüften wirkten kräftig, aber doch so, dass sich am Eindruck von Schlankheit nichts änderte. Lydia war attraktiv, immer in der Lage, dies, falls sie eine Bekanntschaft wünschte, zur Geltung zu bringen, und so war sie eine Woche später in Begleitung ihrer Freundin in Hamburger Diskotheken unterwegs, und es dauerte nicht lange, dann gab es da jemanden, mit dem sie immer wieder tanzte und der sich bereiterklärte, sie, es war vier Uhr morgens, mit dem Auto nach Buchholz zu fahren.

Es wäre überflüssig zu erwähnen, dass da, und zwar bis zum frühen Nachmittag, das übliche Schild in der Ladentür hing, und auch, dass sich Lydia, als jener, mit dem sie mehrere Stunden in ihrer Wohnung verbracht hatte, ins Auto stieg und davonfuhr, wieder einmal verliebt hatte. Freudig, ja euphorisch gestimmt, trat sie vor das breit gehaltene Fenster, und wie gesagt: Wer von der Karlstraße aus über den alten Friedhof hinwegsieht, der erkennt die Heide, jene frei gehaltene Fläche, die von einem Mischwald umstanden ist. Schnurgerade Wege führen an frisch gepflanzten Kiefernschonungen vorbei, und der Himmel, der sich über allem ausdehnt, vermittelt ein Gefühl, als könne man, auch weil ein leichter Wind weht, besser atmen. Dies wusste keiner so gut wie Lydia, die jahrelang, und immer mit einem Liebhaber, in dieser Gegend unterwegs gewesen war, und auch jetzt, es war strahlendes Wetter, beschloss sie, mit jenem, den sie in einer Hamburger Diskothek kennengelernt hatte, den gleichen Spaziergang zu unternehmen.

Aber eine Woche später, als er mit seinem Auto vorfuhr, als Lydia, nachdem sie die Ladentür abgeschlossen hatte, auf dem Beifahrersitz Platz nahm, wusste ihr neuer Freund nicht, was sie von ihm wollte. Offenbar war er in Eile, drängte darauf, dass man die kurze Zeit, die man miteinander hatte, dazu nutzen sollte, sich in ihre Wohnung zurückzuziehen, und als Lydia sich weigerte und darauf bestand, erst einmal in die Heide zu fahren, wurde er ungehalten und erklärte, dass er sich den Vormittag über nicht freigenommen hätte, um mit einer Geliebten in der Gegend herumzustolpern.

»Komm«, sagte Lydia und berührte seine Schulter, als wollte sie ihn auffordern, ihren Wunsch doch noch zu akzeptieren.

Er aber sprach kein Wort, fuhr die Bremer Straße entlang, und nachdem er die Heide erreicht hatte und ausgestiegen war, öffnete er die Beifahrertür, reichte Lydia die Hand, aber nur, um, nachdem sie ins Freie getreten war, wieder einzusteigen.

Er fuhr auf die Bundesstraße, entfernte sich in Richtung Hamburg. Lydia stand eine Weile ratlos da, und natürlich hatte sie Mühe, das, was geschehen war, zu begreifen, nämlich dass sich hier jemand, in den sie frisch verliebt war, auf unverschämte Weise verabschiedet hatte.

Sie beschloss, ja was blieb ihr anderes übrig, wieder nach Hause zu gehen, entdeckte auf der Schwelle noch einen Rest Farnkraut, den sie beim Saubermachen übersehen hatte, und diesmal war sie froh, dass die Blumen, wenn auch vertrocknet, immer noch auf dem Fensterbrett standen. Hastig füllte sie Wasser nach, versuchte, was noch zu retten war, zu ordnen, und nachdem alles wieder auf seinem Platz stand, spürte sie, dass sie den Ring, den Richard ihr geschenkt hatte, immer noch am Finger trug.

›Mit diesem da‹, dachte Lydia und sah in Richtung Bundesstraße, ›dauerte es keine anderthalb Wochen, während ich mit Richard fast schon verlobt war‹, dachte sie und erschrak darüber, dass sie fähig gewesen war, vor ihm, ja ausgerechnet vor ihm und ohne ein Wort der Erklärung, die Ladentür verschlossen zu halten. Immerhin wusste sie jetzt, wie kränkend es war, wenn man, und mit einem herablassenden Lächeln, am Straßenrand stehen gelassen wird.

Sie wollte Richards Stimme hören, wollte sich für die Blumen bedanken, wollte ihm sagen, dass sie wieder bei Sinnen sei und dass sie sich ihr Benehmen selber nicht erklären könne.

Sie fand die Nummer, die sie in ihrem Adressbuch ausgestrichen hatte, aber sooft sie auch versuchte, eine Verbindung herzustellen, es meldete sich niemand.

›Falls ich ihn telefonisch nicht erreichen kann, ich weiß schließlich, wo er wohnt‹, dachte Lydia, und als eine Kundin den Laden betreten wollte, entschuldigte sie sich mit der Bemerkung, sie müsse etwas Dringendes erledigen.

Keine drei Minuten später saß sie in ihrem Auto und fuhr in Richtung Jesteburg. Wer dort einmal am Ufer der Seeve unterwegs gewesen ist, der kann verstehen, dass man sich wünscht, hier in der Nähe des Wassers und möglichst in einem der Fachwerkhäuser zu wohnen. Richard hatte im Dachsweg eine Etage gemietet und davon gesprochen, dass es durchaus möglich sei, nach der Hochzeit mit Lydia das ganze Haus zu beziehen.

›Das wäre phantastisch‹, dachte Lydia, während sie mit ihrem Wagen nach rechts in Richtung der Seeve einbog, und vor dem Zaun, der von Jasminsträuchern überwuchert war, öffnete sie, ohne den Motor abzuschalten, die Tür.

Als sie vor dem Gartentor stand, ordnete sie nochmals den Schal, knöpfte den Mantel zu, hoffte darauf, dass ihre Frisur in Ordnung war, so sehr war sie darauf bedacht, jenem, dem sie gleich begegnen würde, zu gefallen. Dann drückte sie auf den Klingelknopf, trat ein paar Schritte zurück und wartete. Es begann zu dämmern, aber im Innern des Hauses brannte kein Licht, und als Lydia wieder und dieses Mal nachhaltiger auf den Klingelknopf drückte, bemerkte sie, dass man das Namensschild entfernt hatte. Statt der vertrauten Aufschrift »R. Friedländer« war da jetzt ein leeres Rechteck zu sehen.

»Richard!«, rief Lydia, öffnete das Tor. »Richard!«, wiederholte sie, ging den gepflasterten Weg entlang zum Hauseingang.

Aber wie oft sie auch dagegenklopfte, da war niemand. Nur vom Nachbargrundstück her hörte sie eine Stimme.

»Das Haus ist leergeräumt. Es soll verkauft werden«, rief ein alter Mann, der sie offenbar beobachtet hatte.

Und nun erfuhr Lydia, sozusagen durch die Büsche hindurch, dass Herr Friedländer, den sie suchte, vor kurzem ausgezogen sei. Wohin, könne niemand sagen.

»Verstehe«, flüsterte sie, versuchte, durch die Fenster ins Innere des Hauses zu sehen, und der Motor ihres Wagens, den sie vergessen hatte abzuschalten, lief immer noch.

Sie ließ es unbeachtet. Eine Weile ging sie im Garten auf und ab, und als es zu regnen begann, stellte sie sich unter das Vordach einer Laube. Sie zog ihren Schal enger, sah immer nur auf das leergeräumte Haus. Es war, als hätte sie Mühe, von dem, was Richard ihr als zukünftige Wohnung angeboten hatte und was ihr jetzt besonders gefiel, zu lassen. Wieder überlegte sie, warum es ihr, wenn sie sich verliebt hatte, nie möglich gewesen war, an einer Beziehung festzuhalten, und jetzt, nachdem sie Richard verloren hatte, überkam sie zum ersten Mal das Gefühl, dass alles, was ihr bisher wichtig gewesen war, nie wieder so sein würde wie früher. Und so war es denn auch.

Lydia verlor an Selbstvertrauen, trat kaum noch vor den Spiegel, und obwohl es keinerlei Grund gab, hing das Schild mit der Aufschrift »Bin gleich zurück« öfter als sonst in der Ladentür. Immer wieder ging sie mit oder ohne Freundin bis zum Rathausplatz spazieren, und eines Abends sah man die beiden in einer Hamburger Diskothek. Aber während die Freundin keine Gelegenheit ausließ, sich zu amüsieren, betrat Lydia nur einmal die Tanzfläche, um kurz darauf mit einem Ausdruck von Überdruss an den Tisch zurückzukehren, und als die Freundin wissen wollte, warum sie nicht, die Diskothek war überfüllt, die Gelegenheit wahrnahm, eine neue Bekanntschaft zu machen, zuckte Lydia mit den

Schultern und erklärte, darüber wolle sie nicht reden.

Nach Buchholz zurückgekehrt, setzte sie die Freundin an der Haustür ab, fuhr in die Karlstraße, wo sie ihren Wagen parkte. Sie zögerte. Umständlich suchte sie in der Handtasche nach dem Schlüssel, und als sie eintrat, ließ sie den Lichtschalter unberührt. Hier, wo der Schein der Stadtlaternen durch die Scheiben fiel, fand sie sich auch so zurecht. Sie wirkte müde und abgespannt, ging zu Bett, und gegen Mitternacht glaubte sie, von unten, vom Laden her, ein Geräusch zu hören. Es war wie ein Scharren, als würde etwas, das Widerstand leistete, über den Parkettboden geschleift. Lydia erhob sich, ging die Wendeltreppe hinunter, überprüfte, ob die Vase mit den Blumen, deren fauliger Geruch bis zum Korridor reichte, immer noch am selben Platz war. Sie griff danach, ließ aber sofort wieder los, weil sie bemerkte, dass die Statue im Wege stand. Jemand hatte sie verrückt.

›Und genau an die Stelle, wo ich sie hinhaben wollte‹, dachte Lydia und sah sich um. Sie überlegte, ob es möglich war, dass jemand und mitten in der Nacht und bei verschlossenen Türen hier unten herumhantierte. Oder war sie es selbst gewesen, die die Statue irgendwann und ohne dass sie davon wusste, in die Nähe des Fensters gerückt hatte?

›Es wird schon so sein‹, dachte Lydia und wunderte sich darüber, dass ihr dies, es war wie ein Anflug wirrer Gedanken, kein Grund zur Unruhe war.

Der Abschied

Jahre später befand sich die Statue nicht mehr in der Karlstraße, sondern einhundertzwanzig Kilometer weiter nördlich in unmittelbarer Nähe der Kieler Bucht, wo man sie in einem Schuppen abgestellt hatte, und obwohl sie zwischen Gerümpel eingezwängt war, konnte man erkennen, dass sie Beschädigungen aufwies. Offenbar hatte man sie immer wieder verrückt, so dass Teile des Sockels angeschlagen waren. Auch der linke Flügel war in Mitleidenschaft gezogen, und dennoch war es gelungen, sie zu verkaufen. Der neue Besitzer war dabei, sein Grundstück umzugestalten. Alles, was das Haus umgab, sollte ansehnlicher werden. Die Gemüsebeete hatte man entfernt und stattdessen Terrassen angelegt, man hatte Buchsbäume gepflanzt, und die Sache war klar: Hier sollte am äußersten Rand einer Siedlung eine Art Park entstehen, fehlte nur noch die Statue, die einem barocken Engel nachgebildet war.

Aber natürlich: Wenn man die Umgebung in Betracht zog, überall Dünen mit spärlichem Gras, keine fünfzig Meter dahinter begann schon der Strand und wieder dahinter die unübersichtliche Weite des Meeres, wenn man dies alles vor Augen hatte, dann war es schwer, sich vorzustellen, dass jenes Gebilde mit dem Lockenkopf und einem Anflug von Lächeln, dass ausgerechnet jene Statue mit ihrer südlichen Heiterkeit hier, wo es allzu oft stürmte und regnete und wo im Winter Frost herrschte, am richtigen Platz untergebracht war.

Dies könnte erklären, warum Herr Petersen, so hieß der neue Besitzer, die Statue unberührt im Schuppen ließ. Nur einmal kam er mit einem Eimer voller Mörtel, um die beschädigten Stellen auszubessern, ließ es schließlich, da er nichts falsch machen wollte, sein, und als er den Sockel ankippte, entdeckte er, dass man dem Engel offenbar einen Namen gegeben hatte. »Felix« stand da mit verschnörkelten Buchstaben eingraviert. Aber es fehlte ein Datum, und so konnte auch Herr Petersen lediglich vermuten, wie alt das antike Stück war, das er in Buchholz erworben hatte.

›Ich schätze um 1800‹, dachte Herr Petersen, nahm den Eimer wieder zur Hand, trat ins Freie und verriegelte von außen die Tür.

Der Schuppen befand sich hinter einer Düne, und die Statue war, wie gesagt, zwischen einem verrosteten Bettgestell und gestapelten Brettern eingezwängt. Sie hatte bessere Tage erlebt. Bedachte man ihr Alter, dann war es durchaus vorstellbar, dass sie in der Nähe eines Schlosseingangs an der Loire oder in der Hügellandschaft bei Florenz zu sehen gewesen war, wunderbar eingerahmt von Zypressen oder zurechtgestutzten Pappeln. Es war aber auch möglich, dass man sie im Biedermeier und Jahrzehnte später in der Belle Époque zu vernachlässigen begann und dass man sie zuletzt aus dem verwilderten Garten einer baufälligen Villa entfernt und dem Antiquitätenhandel überantwortet hatte.

In letzter Zeit hatte sie einiges ertragen müssen, und vor allem die Fahrt auf dem Lastwagen, mit dem man sie nach Norden transportiert hatte, war ihr im Gedächtnis geblieben. Sie hatte unter einer Plane gelegen, musste ein ständiges Rütteln über sich ergehen lassen, und nun litt sie unter der Abgeschiedenheit, und dass man ihr den Namen Felix, ja ausgerechnet diesen lateinischen Namen, eingraviert hatte, wirkte wie ein falsches Versprechen.

Ende September, die Tage wurden merklich kürzer, stand die Statue immer noch unter der notdürftig ausgebesserten Dachpappe. Hier und da hörte man, wenn es regnete, Tropfen fallen, die sich in der Mitte des Zementbodens zu einer Pfütze sammelten, um mühsam wieder zu trocknen, und wenn es stürmte, hatte man den Eindruck, der Schuppen könnte, wenn das Unwetter nur lange genug anhielt, weggeweht werden. Dann war es durchaus möglich, sich vorzustellen, dass nicht nur die Statue, sondern auch die Dinge ringsherum, die Bretter, das Bettgestell und was sonst noch herumstand, die Tendenz hatten, näher zusammenzurücken, und der Schatten, der vor dem Fenster, wenn Herr Petersen bemüht war, den Garten zu sichern, auftauchte, machte die Sache auch nicht besser.

›Und wie‹, dachte der Engel, den man, da er in Zement gegossen war, dazu verurteilt hatte, immer zu lächeln, ›wie‹, dachte er, ›soll ich jetzt alle Blicke, die einer tröstlichen, weil dem schönen Schein entliehenen Welt gelten, und deswegen wurde ich erschaffen, auf mich ziehen!‹

Früher, ja früher, wann genau, konnte er sich nicht erinnern, hatte er, da er im Freien postiert war, immer wieder die Gelegenheit zu erfahren, dass seine Anwesenheit mit Wohlgefallen aufgenommen wurde. Was heißen soll: Man saß, nachdem man ihn betrachtet hatte, auf einer Bank zu seinen Füßen und begann Gespräche zu führen, etwa darüber, ob ein Leben ohne Kunst nicht sinnlos genannt werden musste, eine Ansicht, die er selbst, schließlich war er doch nur die Kopie eines Originals, übertrieben fand. Aber es war ihm angenehm.

Und sogar die nächtlichen Umarmungen, dieses

Hin- und Hergeschobenwerden, das an seinen Füßen Spuren hinterlassen hatte, dies war doch wenigstens etwas, das ihm das Gefühl gab, man würde ihn, auch wenn es aus Not geschah, beachten, und als man ihn schließlich, er wurde noch rasch gesäubert, verkaufte, konnte er nicht ahnen, dass der Raum, in dem er sich jahrelang befunden hatte, das reine Paradies war, ›bedenkt man, wie weggesperrt und eingeklemmt ich jetzt bin‹, dachte die Statue und versuchte, über das Bettgestell hinweg wenigstens einen Blick auf das Meer zu gewinnen.

Der Himmel war verhangen, es ging ein starker Wind, so dass das Wasser in ständiger Bewegung war. Ansonsten gab es da nichts weiter als die übliche, bis zum Horizont reichende Ödnis, und niemand, der sich lediglich auf seinen Blick verließ, konnte ahnen, dass dahinter die dänische Küste begann, eine Welt, in der die Statue, gesetzt den Fall, sie würde dorthin gelangen, wieder zur Geltung hätte kommen können. Nicht in einem Museum. Dazu war sie nicht kostbar genug. Aber an dieser Küste gab es Orte, in denen man Apartments für Touristen eingerichtet hatte, und es gab bei aller nordischen Strenge Badestrände, an denen man durchaus etwas Extravagantes aus dem Barockzeitalter hätte unterbringen können.

Doch solche Gedanken waren nutzlos. Niemand

hatte die Absicht oder die Fähigkeit, über den Horizont hinweg zu sehen. Die Zeit verging, und es blieb dabei: Der Garten hinter den Dünen wurde irgendwann fertig. Holzbretter und Bettgestell wurden abtransportiert, nur der Engel, der ungeduldig darauf wartete, dass man seine Blessuren endlich ausbesserte, ja er, ausgerechnet er, blieb, wo er war: im Halbdunkel, leicht angekippt und mit einem Fenster vor Augen, das immer nur ins Ungefähre wies.

Als die ersten Schneeflocken fielen, war er noch fasziniert von dem Geglitzer, das sich hinter den Dünen erhob. Dies hatte er, als er sich unter südlichem Himmel befand, nie erlebt. Aber irgendwann, als das Gestöber dichter wurde, überkam ihn die Sorge, es würde in alle Ewigkeit so bleiben, er würde den Schuppen nie wieder verlassen können. Und nun geschah es, dass jener, dem man den Namen Felix gegeben hatte, der mehrmals verkauft und beschädigt und immer wieder weggesperrt worden war, dass er plötzlich einige Lichter sah, die hinter dem Horizont aufleuchteten, und es gab keinen Zweifel: Es war ein Blick über das Meer hinaus zur dänischen Küste, und was dem Engel in der Wirklichkeit nicht gelang, das gelang ihm jetzt in der Welt seiner Vorstellungen.

Er löste sich vom Fenster, weil er, immer in dem Bemühen, die Balance nicht zu verlieren, den unteren Teil des Sockels zu drehen begann, und da die Tür des Schuppens lediglich angelehnt war, rollte er sich, völlig unmöglich, aber es geschah trotzdem, ins Freie. Der Weg über die Dünen war eine Qual, so dass der Engel, um nicht zu fallen, gezwungen war, Umwege zu nehmen. Schließlich erreichte er den Strand, und je entschiedener er den Wellen entgegenging, desto sicherer glaubte er zu spüren, wie befreiend die Berührung mit dem Wasser war. Also ging er weiter, immer nur weiter, achtete darauf, die Lichter an der dänischen Küste nicht aus den Augen zu verlieren, und irgendwann, er versuchte noch einmal zu atmen, schlug das Meer, nachdem es seine Knie, die Schultern, seine Stirn erreicht hatte, über ihm zusammen.

Das Böse

Das Böse lauert überall und vor allem dort, wo man es nicht erwartet. Oder hat man jemals davon gehört, dass es sich an der Irischen See, wo es außer Wasser und Sand und sturmgeschüttelten Möwen nichts weiter zu entdecken gibt, dass es sich hier, ja ausgerechnet hier eingenistet haben könnte!

Die Irische See ist jenes Gebiet, das sich vom Sankt-Georgs-Kanal bis zur nördlichen Meeresenge erstreckt, und wer die Isle of Man hinter sich gelassen hat, der sieht im Osten, wenn das Wetter es erlaubt, die Lichter von Whitehaven. Meist wirkt alles, bis weit ins Hinterland hinein, friedlich, aber wenn eine schwarze Wolkenwand von der Irischen Küste her den Horizont überwindet und die See, die eben noch in glitzernder Ruhe dalag, aufzuwühlen beginnt, wenn sich alles Lebendige, das den Strand und die Dünen bevölkert, in Sicherheit bringt, dann bekommt man in dem Getöse ringsherum einen Vorgeschmack davon, wie sich das Böse, das hier, aus welchem Grund auch immer, lauert, zur Geltung bringen kann.

Zugegeben: Es geschieht ausschließlich, wenn sich ein Opfer findet, wenn jemand, weil er am Meer unterwegs gewesen ist, nicht mehr mit der gewohnten Ruhe nach Hause kommt, wenn er mit hastigen Schritten auf ein Auto zugeht, die Tür aufreißt und, kaum dass er Platz genommen hat, mit aufheulendem Motor davonfährt. Dieser Jemand hatte, als er noch lebte, einen Namen: Derrick Bird. Jetzt sah man, wie irritiert er war und wie er sich bemühte, bei dem hohen Tempo die Spur zu halten. Genauer: Er bog, nachdem er die Dünen verlassen hatte, auf die Crossfield Road ein, um auf der Leconfield Street bis zur Fizington Road zu fahren, und nachdem er über andere Straßen hinweg endlich den Ort Rowrah erreicht hatte, verlor man ihn aus den Augen.

Rowrah ist eine Ansammlung schmuckloser, auf das Notwendigste reduzierter Einfamilienhäuser. Die Ödnis, die alles umgibt, ist baumlos, der Himmel wirkt, weil nirgendwo unterbrochen, flach, und auch die Winde landeinwärts oder vom Meer her treffen auf keinerlei Widerstand. Aber auch hier gibt es, wie man so sagt, eine bessere Gegend, genauer, ein hübsches Hotel mit einem Garten. Hier hätte sich Derrick Bird, nachdem er das Auto geparkt hatte, zurückziehen können, um in Ruhe ein Glas Bier zu trinken, was aber eine Weile schon, seit drei oder vier Monaten, oder war es ein halbes Jahr, nicht mehr in seinem Ermessen war. Seit jener Zeit lag er nämlich begraben da. Wo genau, wusste nur der engste Familienkreis, der ein Interesse daran haben musste, die Überreste eines Amokläufers, und dies war mit dem Namen Bird ein für alle Mal verbunden, einer neugierigen Öffentlichkeit zu entziehen.

Ja, dieser zweiundfünfzigjährige Mann, der seit Jahrzehnten mit einem Taxi unterwegs gewesen war, er hatte plötzlich, und ohne ersichtlichen Grund, zwölf Menschen erschossen, ein Verbrechen, für das sich sogar die englische Königin entschuldigte. Das Entsetzen war groß. Jeder wusste, was innerhalb weniger Stunden und in unmittelbarer Nähe der Irischen See vorgefallen war. Was man aber nicht wusste, und das konnte auch nicht anders sein: Derrick Bird tat nach seinem Tode immer noch, was er zu Lebzeiten getan hatte. Er war auf dem Sandstrand hinter den Dünen von Whitehaven unterwegs, und immer wieder tauchten, und ohne dass er es hätte verhindern können, die zwölf Erschossenen auf. Sie hatten sich weiter nördlich auf einer Düne versammelt, und da es ihm unumgänglich schien, sich jenen gegenüber, die er vom Leben zum Tode gebracht hatte, zu erklären, ging er auf sie zu, und nun geschah, und dies schon seit Monaten, immer das Gleiche: Die Gruppe rückte auseinander. Eine Lücke entstand, groß genug, um ihm, der mit hinzugetreten war, Platz zu machen, und zuletzt stand der Taxifahrer, was sollte er auch anderes tun, zuletzt stand er, als wäre er einer der ihren, unter den Getöteten und sah aufs Meer hinaus.

Da war, wie gesagt, eine Wolkenwand, die den Himmel über der See bis weit zur irischen Küste hin regelrecht zudeckte. Von der Isle of Man bis zur Gegend um Kirkcudbright war kein Horizont mehr zu sehen. Nur hier und da ein paar Löcher, die erahnen ließen, dass es helllichter Tag war, und irgendwann konnte es vorkommen, dass Derricks Zwillingsbruder David, der die anderen um einen Kopf überragte, zu reden begann:

»Ich hatte nie Angst vor dir«, sagte er. »Wir hatten dieselbe Mutter, wir haben als Kinder miteinander gespielt. Kannst du mir erklären, warum du in mein Haus eingedrungen bist, um mich, ich lag noch im Bett, auf hinterhältige Weise zu erschießen?«

»Er hat jahrelang keine Steuern gezahlt«, fiel ihm Kevin Commons, der Rechtsanwalt, ins Wort. »Und er hatte uns beide im Verdacht, dass wir ihn denunzieren und ins Gefängnis bringen wollten. Ich verstehe, dass es ein Grund für ihn war, uns abzuknallen. Aber warum die anderen? Warum hat er sie zu sich gewunken und ihnen dann mit einem freundlichen Lächeln ins Gesicht geschossen? Und was hatte Jane Robinson, die dabei war, Kataloge auszutragen, ihm getan? Oder der Fahrradfahrer, der ausschließlich damit beschäftigt war, eine steile Straße zu überwinden?«

Derrick Bird versuchte zu antworten. Er sprach etwas zu laut, und jene, die der Rechtsanwalt erwähnt hatte, hielten sich unbeweglich.

Er sei, sagte er, immer gern auf dem Sandstrand spazieren gegangen und die See hätte ihn, wenn er vom Fahren genervt gewesen wäre, beruhigt. Hier, sagte er und wies mit der Hand auf einen angespülten Holzbalken, hier, wiederholte er, sei er, wenn er von dort, und nun zeigte er in Richtung Hafen, die anderthalb Kilometer hinter sich gelassen hätte, oft versucht gewesen, sich in die Dünen zurückzuziehen.

»Aber eines Tages«, sagte Bird, »hat sich alles geändert. Ich hatte Grund, mich zu ärgern, und der harte Wellenschlag, das weiß ich genau, hat diesen Ärger verstärkt. Ich hatte wenig zu tun, stand stundenlang mit dem Wagen am Hafen herum, und vielleicht hatte mich wieder jemand, das konnte ich nicht ertragen, einen Stinker genannt, so dass mir der Wind, ja der ewige Wind vom Wasser her auf die Nerven ging.«

Es begann zu regnen. Derrick Bird schlug den Kragen seiner Jacke hoch, und irgendwann, da es ihm offenbar nicht gelang, auf das, was man ihm vorwarf, einzugehen, irgendwann begann sich die Gruppe, als wäre sie eine Fata Morgana, aufzulösen. Und wieder erhob sich am Horizont wie eine Wolkenwand das Böse. Auch war da eine Stimme. Sie schien mit ihm, dem Mörder, zufrieden zu sein, und er wusste, dass er dies, und bis in alle Ewigkeit, gelten lassen musste.

Aber er ging nicht, wie sonst, mit hastigen Schritten zu seinem Auto, um, kaum dass er die Tür aufgerissen hatte, mit aufheulendem Motor davonzufahren. Dieses Mal blieb er ruhig, verließ die Düne, achtete darauf, dass er in dem kniehohen Gras nicht stolperte. Er zog die Schnürsenkel fest, die sich an den Schuhen gelöst hatten, und als er den Sandstrand erreichte, als er das Plätschern der Wellen hörte, war er mit der See, die, wie er glaubte, an allem schuld war, allein.

Nochmals: Das Böse

Wie gesagt: Das Böse lauert überall, nicht nur an der Irischen See, sondern vor allem dort, wo der Horizont von einem Häusermeer umstellt ist. Oder wie soll man jenes Ereignis deuten, das sich, es ist lange her, weit unter der Erde, aber doch mitten in der Stadt, genauer, an der Ecke zwischen der Wilhelm- und der Voßstraße vollzog.

Inmitten einer kleinen Tischgesellschaft saß da bei spärlichem Lampenlicht ein Brautpaar, das auf den Standesbeamten wartete. Er, der Bräutigam, in Uniform, sie, die Braut, trug eine helle Bluse, und rundherum saßen die Trauzeugen. Die Detonationen, die die engen Wände in regelmäßigen Abständen erschütterten, erinnerten daran, dass allen nur noch wenig Zeit blieb.

»Sie beschießen den Hof über uns«, sagte die Ordonnanz, die in der offenen Tür stand. »Mein Führer, zweihundert Liter Benzin stehen bereit. Ich will nicht drängeln, aber wenn Sie rechtzeitig verbrannt werden wollen, müssen Sie sich beeilen.«

Keine halbe Stunde später war es jenem, auf den

alle warteten, endlich gelungen, die feindlichen Linien zu überwinden, so dass er, die nötigen Papiere unterm Arm, an den Tisch treten und die Trauung vollziehen konnte. Es war ja nichts weiter als das Versprechen ewiger Treue und dass man, und das war das Wichtigste, arischer Abstammung war. Man erhob die Gläser, prostete einander zu, bemühte sich, dem Anlass gemäß, um gute Laune. Dies dauerte einige Stunden, dann ging man wieder auseinander, und zuletzt, auch der Ehemann hatte sich entfernt, saß jene, die den Trauschein in der Hand hielt, allein an dem Tisch, den man inzwischen abgeräumt hatte.

Der Raum, in dem sie sich befand, war eng, ebenso der Korridor, den sie, da die Tür geöffnet war, vor Augen hatte, und irgendwann kam es ihr vor, als würde sich von links her, von dort, wo man den Bunker durch meterdicken Beton abgesichert hatte, etwas bewegen. Zuerst war es ein Schatten, dann, der Korridor war hermetisch abgeriegelt, hörte sie ein Flüstern, so dass sie augenblicklich den Notruf betätigte, um dem Wachdienst, der herbeistürzte, ihre Beobachtung zu melden. Man war ratlos, vor allem, weil die Gemahlin des Führers nicht wusste, ob sie sich geirrt hatte. Trotzdem suchte man die Mauern im Korridor ab.

Dies geschah, nochmals gesagt, unter der Erde.

Und wer waren jene, die sich mit dem Bösen auf derart unwiderrufliche Weise eingelassen hatten und die von einem Flüstern, das sie sich nicht erklären konnten, in Panik versetzt wurden?

Es waren, um mit dem Brautpaar zu beginnen, ganz und gar unauffällige Leute, wie man ihnen auf jeder Straße begegnet. Menschen wie du und ich, die als Fotolaborantin oder Postkartenmaler ihr Leben hätten beenden können. Ähnlich hätte man auch die anderen, die Weggefährten des Führers oder die Bediensteten, den Umständen eines normalen Lebens zuordnen können, in dem die Devise »Du sollst nicht töten« eine Selbstverständlichkeit gewesen wäre. So aber, nach der Berührung mit dem Bösen, galt es vor allem, den anderen, den Unerwünschten, auf mörderische Weise überlegen zu sein, und falls es nicht mehr gelang und falls man zu guter Letzt heiraten wollte, musste man sich beeilen.

Die Frischvermählte, die den Trauschein aus der Hand gelegt hatte, glaubte wieder, ein Flüstern zu hören, unterließ es aber, die Wachen zu alarmieren, versuchte stattdessen, nachdem der Schatten aufgetaucht und wieder verschwunden war, herauszufinden, was da jemand und offenbar in Richtung des Zimmers, in dem sie saß, zu sagen hatte.

Vielleicht wollte man sie zur Rede stellen, wollte man ihr sagen, wie unmöglich es gewesen war, vor ihrer Hochzeit, in den Tagen äußerster Verzweiflung, während der Führer versuchte, den Untergang abzuwehren, einen Tanzabend zu veranstalten, an dem man, obwohl über der Erde Granaten einschlugen, in allerbester Laune Schaumwein trank? Am Morgen darauf hatte sie einen Groschenroman gelesen, hatte sich Sorgen darüber gemacht, ob es ihrer Schwester gelingen würde, die wertvolle Uhr, die sie zur Reparatur gegeben hatte, rechtzeitig abzuholen. Sie beschwerte sich darüber, dass der Rock, den sie sich hatte nähen lassen, zu teuer war, sorgte dafür, dass das Brillantarmband und der Topasanhänger, ein Geschenk des Führers, in sicheren Händen waren.

Und nun, während sie regungslos dasaß, überkam sie ein Gefühl von Bedauern darüber, dass ihr die Welt, in der sie, und über Jahre hinweg, glücklich gewesen war, so unwiderruflich abhandenkommen konnte. Sie liebte den schönen Schein, ließ sich mehrmals am Tag frisieren, gab ein Vermögen für Kleidung aus, die sie in Berlin, Paris, Florenz hatte anfertigen lassen, und sie legte über jedes Stück, das sie erworben hatte, eine Akte an. Sie ertrug keine Nachlässigkeiten, notierte, welche Schuhe, welcher Hut zu welchem Kleid oder Kostüm passen könnten.

›Warum habe ich das alles aufgegeben‹, dachte sie, und plötzlich und als hätte sie verstanden, was man ihr zuflüsterte, erhob sie sich, holte erneut die Wache herbei, die diesmal bewaffnet den zugänglichen Bereich des Bunkers absuchte.

Aber da war niemand, und zuletzt und als hätte ihn die Unruhe gestört, betrat der Führer den Korridor.

Wo sein Hund sei, wollte er wissen.

Er war ungehalten, hielt eine Leine in der Hand, sprach davon, dass es unumgänglich sei, von dem Tier, das er über alles liebte, Abschied zu nehmen.

Man rief nach dem Arzt, der mit dem Hund auftauchte. Er nahm ihn an die Leine, führte ihn in Richtung Toilette. Alle warteten darauf, was hinter der Tür, die geöffnet und wieder geschlossen wurde, geschah. Zunächst hörte man ein Winseln und das Scharren von Stiefeln. Dann war alles still, und als der Arzt wieder über die Schwelle trat, sah man durch die sperrangelweit geöffnete Tür hindurch den Kadaver liegen.

»Es ging alles sehr schnell. Er war in Sekunden tot«, sagte der Arzt, während sich der Führer umständlich und als wollte er etwas überprüfen, über das tote Tier beugte.

Wenig später geschah, was man seit Wochen gewohnt war: Im nördlichen Teil des Bunkers, dort, wo das Oberkommando untergebracht war, traf man sich zu einer Lagebesprechung, trat an den Tisch, der mit strategischen Landkarten bedeckt war, und man tat so, als könne man, indem man mit dem Finger darüber hinwegfuhr, noch etwas bewirken.

Jene aber, die man allein gelassen hatte, kehrte in ihr Zimmer zurück. Sie wirkte nachdenklich. Vielleicht war sie durch die Art, in der man mit dem Hund umgegangen war, verstört, und es war ihr vollkommen klar, dass man das Tier mit dem gleichen Gift getötet hatte, das auch ihr vorherbestimmt war. Und wieder war da, und diesmal verständlicher als sonst, die Stimme, von der niemand sagen konnte, woher sie kam und ob dergleichen überhaupt möglich war. Und doch schien es legitim, einer jungen Frau, die, wie man so sagt, keiner Fliege etwas zuleide getan hatte, einige Fragen zu stellen.

Den Mann, den viele für die Inkarnation des Bösen hielten, hätte sie ja nun geheiratet. Darüber zu rechten stünde niemandem zu.

»Aber«, wollte die Stimme wissen, »ist es wirklich unumgänglich, mit jemandem, den die ganze Welt, und über Jahre hinweg, zu fürchten hatte, auch noch zu sterben?«

Das Schweigen, das folgte, wollte nicht enden, und irgendwann, als hätte die Stimme verstanden, dass sie keine Antwort bekommen würde, irgendwann war sie bereit, jener, die die Tür ihres Kleiderschranks geöffnet hatte, behilflich zu sein. Genauer:

Sie riet der Todgeweihten, die ein Kostüm in der Hand hielt, doch lieber ein baumwollenes Kleid anzuziehen, da es leichter in Flammen aufging, um so das Verbrennen, das Werden zu Asche, so rasch wie möglich hinter sich zu bringen.

Die Frischvermählte hörte ruhig zu, trat schließlich mit dem Kostüm vor den Spiegel, um dann doch, wie man es ihr geraten hatte, das Kleid anzuziehen. Dies dauerte eine Weile, und nachdem sie wieder im Korridor war, sah sie, wie der Führer sich von dem letzten Aufgebot, das ihn umstand, verabschiedete. Sie hielt sich abseits, wechselte mit diesem und jenem ein paar Worte, nahm das allgemeine Beileid entgegen, und Stunden später, nachdem das Paar hinter einer eisernen Tür, und ohne sich nochmals umzudrehen, verschwunden war, stieg über dem Hof, der den Bunker umschloss, Rauch auf.

Die Begegnung

In der Mitte Berlins wird zurzeit die Erde metertief aufgerissen. Kräne versperren himmelhoch und auf bedrohliche Weise jede Sicht auf die Silhouette der näheren Umgebung. Der Zugang zu den berühmten Adressen, etwa der Jäger- oder Charlottenstraße, ist nur über Umwege zu erreichen, und ich hatte es längst bereut, mir in diesem von Baulärm überfluteten Stadtteil eine Wohnung gemietet zu haben. Konnte man hier überhaupt arbeiten, und war es möglich, bei der Hitze die Fenster immer nur geschlossen zu halten und auf den Abend zu warten, wenn alles, da die Kräne und Baumaschinen stillstanden, einigermaßen erträglich schien? Als es dunkel wurde, trat ich auf den Balkon hinaus, versuchte, mich in der Unübersichtlichkeit, die ich vor Augen hatte, zu orientieren. Hinter der Baugrube, auf der das Stadtschloss entstehen sollte, erkannte man die Brücke, die über die Spree führt. Man sah das Museum, auch noch die Fassade des Prinzessinnenpalais, aber die Oper, die Universität, die Staatsbibliothek, dies alles war, bis zum Brandenburger Tor, verstellt. Und merkwürdig: Je länger man hinsah und je mehr man sich an die Notbeleuchtung gewöhnt hatte, desto klarer wurden die Konturen. Und war da nicht jemand und indem er versuchte, die Schuttberge zu überwinden, unterwegs?

›Wer eine ganze Stadt aufreißt, kann vor Überraschungen nicht sicher sein‹, dachte ich und beschloss, nicht von meinem Balkon aus, nein, es wäre zu weit weg gewesen, sondern auf halber Höhe der Glinkastraße, von einem vollgestellten Parkplatz aus, die Stelle, die mich interessierte, zu beobachten. Irgendwann, die Gegend war jetzt menschenleer, tauchte eine unsicher wirkende Frau auf, der es nicht gelingen wollte, die andere Straßenseite zu erreichen, und anstatt nun, was nahegelegen hätte, den Parkplatz zu verlassen, um ihr meine Hilfe anzubieten, zog ich mich weiter hinter die Autos zurück. Ich wartete, und schließlich geschah, worauf ich gehofft hatte. Offenbar hatte die Frau alles, was ihr den Weg verstellte, überwunden, und nun sah ich, als sie an einer Laterne vorbeiging, wie erregt sie war und dass sich die Locken unter ihrem Hut gelöst hatten. Das Gesicht kam mir bekannt vor.

Ich ging ihr nach, und wer die Glinkastraße in Richtung Süden über zwei Querstraßen hinweg hinter sich lässt, der erreicht, wenn er nach links abbiegt, die Jägerstraße. Von hier aus sind es nur wenige

Schritte bis zum Gendarmenmarkt, und darüber hinaus, Schilder weisen darauf hin, gibt es einige Sehenswürdigkeiten: Die sogenannte Mendelssohn-Remise, dann, zwei Häuser weiter, das Nolde-Museum, und wenn man einen Torbogen, der im Verborgenen liegt, betritt, entdeckt man eine bronzene Gedenktafel mit einem Frauenkopf, dessen Haar von einem Tuch gehalten wird, dazu die Inschrift:

»Rahel Varnhagen von Ense, geborene Levin 1771–1833«.

Die Varnhagen! Natürlich war die Frau, der ich begegnet war, eine Berühmtheit, und ich hätte niemandem klarmachen können, warum ich es bisher unterlassen hatte, etwas Genaueres über sie zu erfahren. In meine Wohnung zurückgekehrt, setzte ich mich an den Computer, begann in der Wikipedia, der Freien Enzyklopädie, die über ihr Leben und Wirken Auskunft gab, zu blättern. Hier wurde auf kürzestem Raum mitgeteilt, dass sie einen literarischen Salon geführt hatte, in dem fast jeder, der Rang und Namen hatte, ein und aus ging: Friedrich von Gentz, Ernst von Pfuel, die Gebrüder Humboldt, de la Motte Fouqué, Friedrich Schlegel, der Prinz Louis Ferdinand mit seiner Geliebten. Trotzdem schien sie, was ihre Lebensumstände betraf, nicht besonders glücklich gewesen zu sein. Sie hatte ein

Nervenleiden, und wenn sie gezwungen war, über die Treppe hinweg in ihre Wohnung zu gehen, konnte es vorkommen, dass ihr schwindlig wurde, und die Schmerzen in ihrem Knie wie in den Händen, mit denen sie sich am Geländer festhalten musste, waren kaum zu ertragen. Dann lag sie zusammengekrümmt auf dem Kanapee und versuchte, sich zu beruhigen. Alles, was man über diese Frau erfuhr, wies darauf hin, dass hier, und mit den Jahren immer mehr, Geist und Körper auseinanderdrifteten. Und dann gab es einen Umstand, über den ich erschrak.

»Varnhagen«, war da zu lesen, »starb 1833 in Berlin, und sie hatte verfügt, in einem Doppelsarg mit Sichtfenstern für 20 Jahre nach dem Tod oberirdisch aufgebahrt zu werden.«

›Was für eine Überspanntheit‹, dachte ich und war am nächsten Abend erneut in Richtung Brandenburger Tor unterwegs.

Auf der Höhe der Glinkastraße sah ich mich um. Ein kühler Wind kam auf. Ich hatte vergessen, einen Pullover anzuziehen, ging aber doch weiter über den Pariser Platz hinaus in Richtung Tiergarten, und als ich mich dem hellerleuchteten Potsdamer Platz näherte, fiel es mir schwer, über das hartnäckige Bemühen, die Spuren der Vergangenheit zu verwischen, hinwegzukommen. Warum hatte man hier, an diesem einst so beliebten Ort, nicht eine einzige Erinnerung zugelassen! Gut, da standen jetzt imposante Hochhäuser aus Glas und Beton, und die schwarzen, schräggestellten Fassaden ragten beinahe bis zum Himmel auf. Aber wo war das Haus Vaterland? Wo das Café Josty? Wo die vielen Straßenbahnen und das endlose Gewimmel der Passanten bei dem Versuch, die Kreuzung zu überqueren? Ich spürte, wie öde und trostlos es war, auf Spaziergängen immer nur gegenwärtig zu sein.

›Ja, gegenwärtig‹, dachte ich und war froh, als ich jene, nach der ich suchte und von der ich nicht wusste, ob es sie wirklich gab, als ich die Varnhagen wiedersah und wie sie sich bemühte, auf dem Potsdamer Platz, der sechsspurig von Autos befahren wurde, nicht unter die Räder zu geraten.

Ich rief ihr etwas zu, wollte ihr sagen, wie gefährlich es sei, die Ampeln nicht zu beachten. Aber sie verstand nicht, was ich meinte, war genötigt, dem Verkehr, der keinerlei Rücksicht nahm, auszuweichen, und zuletzt, als sie beinahe den Hut verlor, geriet sie in Panik und stürzte über den regennassen Asphalt hinweg zu einem Baugerüst, das durch Planen abgesichert war.

Ich war ratlos. Was sollte ich jetzt, nachdem ich dies beobachtet hatte, tun? Sicher, ich überquerte die Kreuzung, ging zum Baugerüst, entdeckte den

Hut, den der Wind in eine Ecke geweht hatte. Ich nahm ihn auf. Er war aus geflochtenem Stroh, seine Ränder waren mit Tüll verziert, dazu breite Bänder, eines davon war gerissen, und nun, da ich etwas Vorzeigbares in der Hand hielt, nahm ich mir vor, in der Sache, die mich umtrieb, entschiedener aufzutreten.

Die Gelegenheit kam rasch. Als ich die Ebertstraße, die am Tiergarten entlangführt, hinter mir hatte, sah ich auf der Höhe des Brandenburger Tors, dort, wo die ersten Bänke aufgestellt waren, jemanden auf und ab gehen. Es war die Varnhagen, die, als ich ihr den Hut überreichte, diesen wortlos entgegennahm. Sie wandte sich ab, zog sich weiter in Richtung Tiergarten zurück, und als sie sich auf einer Bank niederließ, blieb ich einige Meter entfernt stehen, aber so, dass wir, falls wir es wünschten, miteinander hätten reden können. Als das Schweigen zu lange dauerte, sagte ich:

»Ich will Sie nicht belästigen, aber falls Sie den Salon suchen, der Sie berühmt gemacht hat, ich zeige Ihnen gern, was davon übriggeblieben ist: eine Bronzetafel und ein paar belanglose Zeilen. Und vielleicht sollten Sie es dabei belassen. Jeder weiß, dass es in dieser Stadt nicht selbstverständlich war, jemanden unter dem Davidstern zu empfangen. Und falls es Ihnen wirklich gelingt«, fügte ich hinzu,

»Ihrer Vergänglichkeit zu widersprechen, dann erfahren Sie früher oder später, was Ihnen sonst noch begegnet wäre.«

Dies sagte ich, wusste nicht, ob sie mir zugehört hatte, und ehe ich nochmals erklären konnte, worauf es mir ankam und dass ich ihr lediglich helfen wollte, erhob sie sich und ging in Richtung Behrenstraße.

Die Behrenstraße ist nun allerdings ein Bereich, der das Denkmal für die ermordeten Juden Europas eingrenzt, und wer dem Areal, es sind immerhin neunzehntausend Quadratmeter, näher kommt, der kann sich der schwarzen Steinwüste, die er vor Augen hat, nicht entziehen.

›Sie geht also‹, dachte ich, ›geradewegs dorthin, um sich davon zu überzeugen, dass ich mit meinen Andeutungen recht hatte. Denn dort‹, dachte ich, ›hat man ein für alle Mal dokumentiert, dass sie, die Jüdin, in ihrem Wunsch zu überleben nichts weiter zu erwarten gehabt hätte als ihre Auslöschung.‹

Aber ich täuschte mich, denn ich sah, dass die Varnhagen von dem Denkmal zu ihrer Linken keinerlei Notiz nahm, ja dass sie, als sie die meterhohen Stelen durchquerte, lediglich darauf aus war, ihren Weg abzukürzen, und als sie endlich am anderen Ende des Areals angekommen war, als sie die

Hanna-Arendt-Straße erreicht hatte, war sie verschwunden.

Ich war ernüchtert.

›Diese Person ist mir, wenn ich ehrlich sein soll, egal‹, dachte ich. ›Und warum soll ich mich um eine Ruhelose kümmern, deren Name immer noch Glanz verbreitet.‹

Trotzdem ging ich eine Woche später wieder zur Jägerstraße, betrat nach einigem Zögern den Torbogen mit der Nummer 54, um die Inschrift an der Wand nochmals in Augenschein zu nehmen, und nun bemerkte ich, dass sich etwas verändert hatte.

»Rahel Varnhagen von Ense«, war da zu lesen, »geborene Levin, versammelte als junge jüdische Frau an diesem Ort …«

Der Rest war schwer zu entziffern. Unübersehbar, dass jemand versucht hatte, die in Bronze gegossene Schrift unleserlich zu machen, was stellenweise gelungen war. Überall Kratzspuren von Fingernägeln. Hier und dort Tüllreste von einem Hut, und auch das breite Band, mit dem man versucht hatte, die Tafel von der Mauer zu reißen, kam mir bekannt vor. Ich sah mich um, glaubte, auf dem Hof, wo Müllkästen standen, einen Schatten zu entdecken, rief nach der Varnhagen, hatte den Wunsch, sie wiederzusehen.

›Man soll die Toten nicht unterschätzen‹, dachte

ich und: ›Ich bin sicher, sie war es selbst, die mit ihren Schuhen ringsherum Schrammen in den Steinboden gerissen hat, so groß war offenbar ihr Verlangen, das eigene Leben und Wirken in dieser Stadt, von der sie einiges erfahren musste, zu widerrufen.‹

Die Bank

Im Berliner Tiergarten, so wurde behauptet, gäbe es eine Bank, auf der noch nie jemand gesessen hätte. Wo genau sie stand, konnte keiner sagen. Man nannte aber die nähere Umgebung des Rosengartens, wo ein kleines Gewässer eine Art Insel umschloss und wo man das Denkmal für Albert Lortzing errichtet hatte. Brombach ertappte sich dabei, wie er auf Spaziergängen, wenn das Wetter es erlaubte, länger als nötig unterwegs war, um hier und dort, vor allem aber zwischen den Rhododendronsträuchern nach jener Bank, die eine derartige Besonderheit aufwies, Ausschau zu halten.

In dem umfangreichen Areal, das Wiesen und Baumbestand einschloss, gab es viele Sitzgelegenheiten, und natürlich waren einige davon, wenn sie nicht ausgebessert wurden, verwittert, und Brombach glaubte sich zu erinnern, dass er auf einem seiner Spaziergänge solch eine morsche, zum Verweilen unbrauchbare Bank gesehen hatte, die beinahe unzugänglich, weil von Sträuchern zugewachsen war.

Aber dies war mit dem Hinweis, den Brombach

überprüfen wollte, nicht gemeint. Es sei, so wurde versichert, eine Bank wie jede andere, das heißt aus gehärtetem Holz, das von gusseisernen Streben und Armlehnen abgesichert war, und was sollte es auch für einen Sinn haben, über eine Gartenbank, ob benutzt oder unbenutzt, weiter nachzudenken. Friedhelm Brombach hatte andere Sorgen. Er musste Geld verdienen, und als es klingelte, als Tamara, seine Freundin, wie verabredet in der Wohnungstür stand, tat Brombach so, als hätte er, und dies seit Stunden, erfolgreich gearbeitet.

Tamara hatte es wie immer eilig. Hastig rückte sie die Teller zurecht, räumte die Tasche aus. Sie hatte Baguette und ein paar Delikatessen aus dem Kaufhaus mitgebracht, und beim Abendessen redete sie auf Brombach ein. Vor kurzem erst hatte man sie in der Kulturabteilung eines Berliner Senders zur stellvertretenden Chefredakteurin ernannt, und nun versuchte sie, ihn davon zu überzeugen, nicht immer nur Gedichte, sondern auch einmal ein Feature unter die Leute zu bringen.

»Ein Feature, du verstehst. Zum Beispiel über die Erneuerung Berlins«, sagte sie.

Und als sie erklärte, wie spannend es sei, der fortwährenden Veränderung, dem ewigen Werden dieser Stadt zuzusehen, konnte Brombach nicht widersprechen.

Und so begann er, Tage später die Innenstadt zu fotografieren, versuchte anschließend, die Bilder auf seinem PC zu ordnen, und er beschloss, dort, wo der Baulärm am dichtesten schien, den Originalton mit einem Mikrophon festzuhalten.

Die Sache wurde ein Erfolg. Man lobte den Anschein von Wahrhaftigkeit und dass man das Geschehen, das lediglich zu hören war, förmlich vor Augen zu haben glaubte, und so war es selbstverständlich, dass Brombach, natürlich nicht ohne Tamaras Unterstützung, den Auftrag bekam, weitere Sendungen, ja eine ganze Serie über das Baugeschehen vor dem Balkon seiner Wohnung und andernorts vorzubereiten. Immer wieder ging er die wenigen Kilometer vom Alexanderplatz bis zum Brandenburger Tor, redete mit den Touristen, die den Baulärm und die Schuttberge mit Gelassenheit ertrugen. Aber wie lange dies dauerte, wie sehr er sich auch bemühte, er wusste schließlich, dass alles, was er der Rundfunkanstalt über den Zustand der Stadt ablieferte, nur die halbe Wahrheit war.

Darüber wollte er mit Tamara reden. Genauer: Er versuchte, ihr klarzumachen, dass es jenseits aller Hektik, allen Baulärms und des unbedingten Willens zum Event in dieser Stadt noch etwas gab, das ihn interessierte. Er erwähnte den Tiergarten und dass hier wie nirgends sonst, wenn es zu dämmern begann, so etwas wie Stille herrschte.

»Und in der Nähe des Lortzing-Denkmals«, sagte Brombach, »soll es eine Bank geben, auf der noch nie jemand gesessen hat. Vielleicht das letzte Geheimnis dieser Stadt«, fügte er hinzu und schlug vor, darüber, auch wenn es schwierig sein würde, ein Feature zu schreiben.

Tamara lachte.

»Das kannst du in deinen Gedichten unterbringen«, sagte sie. »Ein Sender braucht Tatsachen. Mit Schwärmereien und unberührbaren Parkbänken lässt sich kein Programm machen«, fügte sie hinzu, und damit war die Sache erledigt.

Tamara war couragiert. Sie wusste, was sie wollte, und wenn man ihr widersprach, konnte es vorkommen, dass sie in Rage geriet, und zwar so sehr, dass es schwerfiel, sie wieder zu beruhigen. Dies geschah, und darauf schien sie zu achten, auf gleicher Augenhöhe. Dann stand man ihr etwas zu dicht gegenüber, und zuletzt, wenn sich die Sache, die oft nicht der Rede wert war, erledigt hatte, tat es ihr leid, dass sie so unbeherrscht gewesen war. Brombach konnte damit umgehen, glaubte zu spüren, dass ihre Zuneigung ehrlich gemeint war, bis sie ihm eines Tages gestand, sie hätte sich in einen anderen verliebt. Aber sie beeilte sich keineswegs, ihre Sachen zusammenzupacken, um die gemeinsame Wohnung zu verlassen. Sie zögerte, schien die Trennung zu bedauern, und vier Wochen später stand sie, als wäre es selbstverständlich, mit ihrem Koffer wieder vor der Tür.

Eine Weile, und das konnte auch nicht anders sein, war Brombach verstimmt, und auch Tamaras unbedingte Art, sich zu erklären und zu versichern, dass sie sich, was den anderen betraf, geirrt hätte, auch dies machte es ihm unmöglich, so zu tun, als wäre nichts geschehen. Aber Tamara ging einen Schritt weiter. Sie wollte, dass sie, und zwar in kürzester Zeit, tun würden, was sie seit langem vorgehabt hatten, nämlich zu heiraten, und dabei erwähnte sie die Marienkirche. Genauer: Sie bestand darauf, dass sie sich dort trauen ließen.

Zunächst tat Brombach so, als hätte er nichts dagegen, ja er war sogar bereit, da Tamara es wünschte, mit ihr die berühmten Fresken in der Turmhalle zu bewundern. Aber als sie den Pfarrer begrüßten und Tamara darum bat, möglichst rasch einen Termin zu bekommen, der ihrer Ehe, schon hierüber musste Brombach lächeln, eine religiöse Legitimation sichern sollte, als die Unterhaltung zwischen den beiden, die sich offenbar kannten, nicht enden wollte, drängte Brombach darauf, die Kirche zu verlassen.

»Wichtig ist«, sagte er, als sie wieder auf der Straße waren, und dabei berührte er Tamaras Hand, »wichtig ist«, wiederholte er, »dass wir einander vertrauen, und nicht, auf welche Art und Weise wir uns dies bestätigen lassen.«

Tamara stimmte zu, und als Brombach Wochen später darauf zu sprechen kam, dass er einverstanden sei, nach dem Segen des Standesbeamten auch noch den Segen der Kirche zu bekommen, ging Tamara nicht, womit er gerechnet hatte, zu ihrem Bekannten in die Marienkirche, um den Termin, den sie wünschte, zu vereinbaren. Nein, sie mied, sooft es ihr möglich war, die gemeinsame Wohnung, und zuletzt, er bemerkte sehr wohl, dass sie anfing, ihre Sachen zusammenzupacken, zuletzt, und ohne dass sie sich verabschiedet hatte, stand auch kein Koffer mehr da. Stattdessen sah Brombach einen Umschlag, der sorgfältig zugeklebt war, und nachdem er ihn geöffnet hatte, las er auf einem Bogen Papier einen einzigen Satz, nämlich:

»Ich wünsche dir alles Gute, und falls du es einmal nötig hast, zieh dich auf deine Bank im Tiergarten zurück.«

›Was soll das‹, dachte Friedhelm Brombach und bereute, dass er sich dieser Frau, was seine Vorliebe für den Tiergarten betraf, jemals anvertraut hatte. Andererseits war er sicher, dass sie eines Tages mit ihrem Koffer wieder vor der Tür stehen würde, um zu versichern, sie hätte sich geirrt. ›Und wenn nicht, dann muss ich wenigstens mit ihr reden‹, dachte Brombach und nahm sich vor, demnächst in den Redaktionsräumen des Berliner Senders aufzutauchen.

Wer die Pförtnerloge im Funkhaus an der Masurenallee passiert und das Portal aus rotem Klinker hinter sich gelassen hat, betritt eine Halle mit einem Paternoster, und obwohl Brombach zu wissen glaubte, wo sich Tamaras Büro befand, hatte er Mühe, sich in der Unübersichtlichkeit der Etagen zurechtzufinden. Also ging er zur Pförtnerloge zurück und bat darum, ihn telefonisch anzumelden. Er sah, wie der Pförtner zum Hörer griff, wie er in einer Liste nach der betreffenden Nummer suchte, wie er die Verbindung, um die man ihn gebeten hatte, herstellte. Aber als er Brombachs Namen nannte, bekam er eine knappe, offenbar unwirsche Antwort.

»Frau Wendland hat keine Zeit«, sagte der Pförtner.

»Verstehe«, antwortete Brombach.

Und merkwürdig: Obwohl er beschloss, das Funkhaus, in dem er Tamara vermutete, nie wieder zu betreten, obwohl er sich eingestand, dass dies, wo man sich beim Pförtner ausweisen musste und wo eine anonyme Geschäftigkeit herrschte, nicht seine Welt war, hatte er doch das Gefühl, dass hier irgendwo jener Koffer stand, den er nur allzu gut kannte und von dem er hoffte, er würde ihn wiedersehen.

Am selben Tag noch überprüfte er, ob Tamara in ihrem Schrank etwas liegengelassen hatte. Er war leer. Aber im Badezimmer fand er zwei Lippenstifte und einen Kamm, die er auf den Küchentisch legte.

›Ich muss Geduld haben‹, dachte Brombach. ›Und immerhin‹, dachte er, ›hat sie den Wohnungsschlüssel mitgenommen.‹

Als er im Bett lag, achtete er darauf, ob jemand die Tür aufschloss, und als er, ›endlich‹, dachte Brombach, Schritte hörte, war er augenblicklich im Treppenhaus, sah aber, dass es nicht Tamara, sondern der Nachbar war, der ihm freundlich zunickte.

Wie Brombach das alles ertrug, wusste er nicht zu sagen. Er wusste lediglich, dass es ihm nicht gelang, von Tamara loszukommen, und er wollte sich Klarheit darüber verschaffen, warum sie, obwohl sie beschlossen hatten zu heiraten, ohne ein Wort des Abschieds verschwunden war.

Der Pfarrer und die Marienkirche fielen ihm wieder ein und dass er, als Tamara mit dem Geistlichen redete, misstrauisch geworden war.

›Aber zuletzt‹, dachte Brombach, ›war mir dies egal, und ich hatte, da sie es unbedingt wünschte, der kirchlichen Trauung zugestimmt.‹

Er beschloss, nochmals in die Marienkirche zu gehen, um dem Pfarrer einige Fragen zu stellen, und als es endlich so weit war, als Brombach dem Geistlichen gegenüberstand, als er sich mit der nötigen Zurückhaltung erklären wollte, fiel ihm der andere ins Wort.

»Auf Tamara«, sagte er und in einem vertraulichen Ton, der Brombach irritierte, »auf Tamara kann man sich nicht verlassen. Das habe ich selbst erfahren«, fügte er hinzu, um sich Sekunden später, da Brombach keine weiteren Fragen hatte, mit einem Händedruck zu verabschieden.

Für Augenblicke stand Brombach unbeweglich da. Die sakrale Weitläufigkeit, die gotische Strenge, der bunt verzierte Altar schienen ihm wie abgerückt. Und vor allem: Es war ihm unmöglich, sich vorzustellen, dass Tamara den Koffer auch hier, wie in den Räumen ihrer gemeinsamen Wohnung, irgendwo abgestellt haben könnte. Und doch musste es so gewesen sein. Wie anders hätte er die Bemerkung des Pfarrers, auf Tamara sei kein Verlass, deuten sollen!

Er ging in Richtung Turmhalle auf die berühmten Fresken zu, meinte zu sehen, wie der andere, der einen Talar trug, am Eingang hinter einer Säule stand, um ihn zu beobachten.

›Er hat ein schlechtes Gewissen‹, dachte Brombach und war froh, dass er zuletzt, anstatt das Hauptportal nochmals passieren zu müssen, durch eine Nebentür ins Freie fand.

›Wie ist so etwas möglich‹, dachte er, als er wieder in seiner Wohnung war und auf das französische Bett starrte. ›Es gab doch, und über die Jahre hinweg, das Gefühl von gegenseitigem Einverständnis‹, dachte Brombach, weigerte sich aber, nochmals ins Funkhaus zu gehen oder herauszufinden, wo Tamara jetzt wohnte.

Sie würde sich wieder verleugnen lassen, würde die Tür, sollte er bei ihr auftauchen, keinen Spaltbreit öffnen. Und was hatte sie ihm, bevor sie verschwand, auf einem Bogen Papier geschrieben?

»Ich wünsche dir alles Gute, und falls du es einmal nötig hast, zieh dich auf deine Bank im Tiergarten zurück.«

Brombach fühlte sich verhöhnt, zerriss den Brief, bevor er ihn in den Papierkorb warf, war aber Stunden später auf dem Weg zur Siegessäule unterwegs und weiter ostwärts auf der Höhe des Rosengartens, wo ein kleines Gewässer eine Art Insel umschloss und wo man das Denkmal für Albert Lortzing errichtet hatte, dort setzte er sich ins kniehohe

Gras und überließ sich der Stille, die ringsherum herrschte. Die Nähe der Bäume, die Unübersichtlichkeit der Sträucher und dass dazwischen eine Fläche glatten Wassers zu sehen war, dies alles ließ ihn hoffen, dass es ihm gelingen würde, Tamara und ihren Koffer endgültig zu vergessen. Er hatte Lust, ein paar Verse zu schreiben, zog sein Notizbuch aus der Jackentasche, versuchte, für die Situation, in der er sich befand, ein Gleichnis zu finden. Und was lag näher, als sich auf jene Bank zu beziehen, die an sich schon eine poetische, weil nicht dingfest zu machende Erscheinung war. Er sah in Richtung Sträucher, dorthin, wo er vor Wochen, wie er glaubte, ein verwittertes, morsches Stück Holz gesehen hatte.

›Was ich jetzt aufschreibe, wird mich erleichtern‹, dachte Friedhelm Brombach, fand aber nicht die passenden Worte.

Im Cuvilliés-Theater

Die Saison in München hatte begonnen, und wieder gab es einige Überraschungen, darunter einen Konzertabend, in dem Mahlers *Lied von der Erde* als Höhepunkt angekündigt war. Im Programmheft fand man bekannte Namen wie die aus Schweden stammende Treja Sandberg, deren Altstimme an Christa Ludwig erinnerte, und natürlich sollte der Abend im Cuvilliés-Theater stattfinden, das seit Wochen ausverkauft war.

Im Cuvilliés-Theater? In jenem glanzvollen, langgestreckten Rokokobau, dessen Logen mit vergoldetem Stuck verziert waren? Die Heiterkeit, die von den rot tapezierten Wänden und der üppigen Beleuchtung ausging, war unwiderstehlich. Es war, als würde man in der festlichen Stimmung eines Zeitalters, das längst vergangen war, gefangen gehalten, und hier, ja ausgerechnet hier, sollte die Sandberg, die am Vorabend in München eingetroffen war, Mahlers *Lied von der Erde* singen.

Während der ersten Probe, während das Orchester eingewiesen wurde und während die Sandberg und Luciano Marozzini ihre Partituren durchblätterten, hatte man lediglich das Arbeitslicht eingeschaltet, so dass der Zuschauerraum im Halbdunkel blieb. Und nun kam es vor allem darauf an, die besondere Akustik des Hauses zu berücksichtigen. Orchester und Gesang sollten bis in die hintersten Reihen und bis in die oberen Ränge zur bestmöglichen Entfaltung kommen. Andererseits war, was die Lautstärke anging, Zurückhaltung geboten.

Stunden später sah man, wie der Italiener und die Schwedin durch Münchens Straßen schlenderten. Sie betrachteten die Schaufenster, überquerten den Marienplatz, bogen in die Theatiner Straße ein, redeten darüber, welche Pläne ihnen nach der Arbeit in München bevorstanden. Er, Marozzini, hatte ein halbjähriges Engagement für die Royal Albert Hall unterschrieben, sie, die Schwedin Sandberg, wollte den Winter über in Stockholm bleiben, um danach die Despina in der Semperoper zu singen.

Sie redeten Englisch miteinander. Marozzini war beeindruckt von der Zurückhaltung und Bescheidenheit seiner Partnerin, und er bedauerte, dass er noch nie die Gelegenheit gehabt hatte, in der Stockholmer Oper aufzutreten. Dann sprach man über das Musikleben in der bayerischen Hauptstadt, das Marozzini bestens kannte. Er hatte hier seit Jahren bedeutende Partien, vor allem Puccini, gesungen.

Sie aber, Treja Sandberg, war das erste Mal in dieser Stadt, und sie kam darauf zu sprechen, dass sie, als man ihr den Part in Mahlers *Lied von der Erde* anbot, lange Zeit unentschieden gewesen sei. Sie erwähnte noch, dass es für sie Gründe gebe, heitere Sachen, vor allem Mozart, zu singen. Aber jetzt sei sie entschlossen, sich wieder auf etwas Schwermütiges einzulassen.

»Warum auch nicht«, fügte sie hinzu. Und als Marozzini vorschlug, im nächstbesten Café einen Espresso zu trinken, ging sie bereitwillig darauf ein.

Am nächsten Tag traf man sich zur letzten Probe. Das Theater war hellerleuchtet, und Marozzini bemerkte sofort, dass dies der Sandberg, die als Erste auf die Bühne trat, nicht angenehm war. Sie blieb stehen, legte, als fühlte sie sich geblendet, die Hand über die Augen, und sie trat bei jeder Gelegenheit, sowie der Dirigent mit dem Orchester beschäftigt war, in die Seitenbühne zurück.

»Kann ich etwas für Sie tun?«, fragte Marozzini.

Die Sandberg versuchte, sich zu entschuldigen.

»Was für eine übermächtige Pracht«, sagte sie und wies mit dem Finger in den Zuschauerraum. »Wie soll man hier den späten Mahler singen. Und dann die offene Tür. Vielleicht könnte man sie schließen«, gab sie zu bedenken und sah zu, wie Marozzini an die Rampe trat und den Inspizienten herbeiwinkte.

Keine Minute später hatte man die Sache behoben. Man holte Stühle herbei. Die Sänger warteten darauf, dass der Dirigent, der nervös wirkte, mit dem Taktstock ans Pult trat. Man war zu Tonproben gezwungen. Offenbar gab es Schwierigkeiten mit der Technik, und als es endlich so weit war, als man die Stühle wieder entfernt hatte, brannte das Licht im Zuschauerraum immer noch. Aber vom Orchestergraben her ertönte schon die berühmte Hörnerfanfare, und Marozzini versuchte, über all die Tristesse des Textes, der dazu aufforderte, die Sinnlosigkeit des Lebens in der Trunksucht zu ersticken, gesanglich hinwegzufegen. Er tat es, wenn auch etwas zu laut, mit Bravour. Aber die Sandberg, die nun gezwungen war, die gleiche Tristesse mit einem Klagethema der Holzbläser, also mit äußerster Langsamkeit und mit den Worten »Ich weine« fortzusetzen, wirkte, vielleicht, weil ihr dies ungewohnt war, irritiert.

Der vierte Satz war kein Problem. Hier wirkte alles eher heiter und idyllisch, und es war schon erstaunlich, mit welchem Lächeln, welch koketter Heiterkeit die Sandberg das Scherzo mit den blumenpflückenden Mädchen sang. Aber dann, mit dem sechsten Satz, begann sich alles, und auf unwiderrufliche Weise, einzutrüben. Hier wurde der Altstimme ein Ausdruck äußerster Schwermut zugemutet, nämlich ein Finale, das sich von Dur nach Moll wendet. Dazu der Text:

»Mir war auf dieser Welt das Glück nicht hold!
Wohin ich geh?
Ich geh, ich wandre in die Berge.
Ich suche Ruhe für mein einsam Herz.«

Der Dirigent war unzufrieden. Er ging auf die Bühne, bat Frau Sandberg zur Seite, redete auf sie ein. Sie zeigte in den erleuchteten Zuschauerraum und in Richtung Tür, die tatsächlich wieder offenstand. Aber dies schien niemanden zu interessieren. Der Dirigent bestand darauf, den sechsten Satz von der Solopassage der Bassklarinette bis zum Einsatz der Celesta zu wiederholen, und nun merkte man, wie bemüht die Sandberg war, ihrer Stimme mehr Intensität zu verleihen, was, bedachte man den Nachdruck, mit dem Marozzini sang, irgendwie geboten war.

Es gelang ihr nicht. Auch als man die Tür, die sie beanstandete, wieder schloss, hatte sie Mühe, ein leichtes Zittern zu unterdrücken, und irgendwann unterbrach Marozzini die Probe und erklärte, dass Frau Sandberg offensichtlich indisponiert sei. Er riet ihr, sich zu schonen, sorgte dafür, dass man ein Taxi bestellte, und die Schwedin selbst versicherte, dass sie bei bester Gesundheit sei und natürlich würde sie, sie sei schließlich keine Anfängerin, am Premierenabend ihren Vertrag erfüllen.

Im Taxi bedankte sie sich bei Marozzini, und beide waren voller Zuversicht. Man wollte gemeinsam zu Abend essen, aber als es so weit war, als Marozzini in dem Restaurant saß und den Ober, der die Karte brachte, immer wieder vertrösten musste, als es schließlich, man hatte sich auf acht Uhr verabredet, eine Stunde über der Zeit war, verließ der Italiener das Restaurant.

Im Hotel erfuhr er, dass die Sandberg immer noch auf ihrem Zimmer war. Er versuchte, mit ihr zu telefonieren, bekam keine Antwort, und nun, da ihm nichts anderes übrigblieb, ging er in das zweite Stockwerk hinauf, trat vor die Tür ihres Zimmers und rief, nachdem er angeklopft hatte, ihren Namen. Er bemerkte, dass die Tür lediglich angelehnt war, und nachdem er sie behutsam geöffnet hatte, sah er jene, die er suchte. Sie stand mit aufgelösten Haaren neben ihrem Bett, hatte den Koffer in der Hand, Schal und Mantel hingen über der Schulter. Offenbar war sie dabei, das Zimmer zu verlassen.

Für Augenblicke standen sich die beiden, als wollten sie die Ratlosigkeit, die sie überfallen hatte, gelten lassen, gegenüber. Dann ging Marozzini auf sie zu.

»Sagen Sie mir, wie ich Ihnen helfen kann. Ist es wirklich nur eine offene Tür, die Sie irritiert? Oder der Glanz eines Rokokotheaters? Wir hatten uns doch geeinigt, morgen Abend alles zu akzeptieren, wie es ist.«

Die Schwedin stellte den Koffer ab, wobei ihr, da sie sich bückte, der Schal von der Schulter rutschte. Marozzini hob ihn auf, und nun saßen beide auf der Bettkante. Treja Sandberg begann zu reden.

Sie sei, dies müsse sie zugeben, in letzter Zeit immer nur mutlos gewesen, und dass sie Mahlers *Lied von der Erde*, diesen unbedingten Willen zum Abschied, auf sich genommen hätte, sei, das wisse sie jetzt, ein Fehler gewesen. Sie erwähnte nochmals, dass sie nach dem Verlust ihres Freundes vor allem heitere Partien gesungen hätte, und sie hätte sich jetzt, besonders was den letzten Satz betraf, übernommen.

»Wie soll ich das singen«, flüsterte sie. »Es wehet kühl im Schatten meiner Fichten. Ich stehe hier und harre meines Freundes; Ich harre sein zum letzten Lebewohl.«

Sie schwiegen, und als die Sandberg eingestand, sie mache sich Sorgen, dass es ihr, da sie ein gewisses Alter erreicht hätte, nicht mehr gelingen würde, ihre Niedergeschlagenheit zu überwinden, und dass sich dies, und davor hätte sie am meisten Angst, auf ihre Stimme auswirken könnte, griff Marozzini energisch ein.

Nicht dass er etwas Grundsätzliches zu sagen hatte, etwas, das der Sängerin geholfen hätte, von ihrem Dilemma loszukommen. Aber es war doch seine zupackende und unbedingte Art, etwas, das allgemein bekannt war, nochmals zu erklären.

»Jeder weiß, wie anfällig unser Beruf ist. Man braucht nicht nur robuste Stimmbänder, man braucht auch Mittel und Wege, über sich hinauszuwachsen«, sagte der Italiener und versicherte, dass auch er Schwierigkeiten mit Mahlers Spätwerk hätte. »Ich singe immer etwas zu laut«, sagte Marozzini, »und ich wüsste nicht, ob es mir, wie der Altstimme, gelingen würde, im ewigen Morendo besonders überzeugend zu sein. Aber man könnte es wenigstens versuchen«, sagte er und lachte.

Er schob den Koffer, den die Sandberg zwischen den Knien hatte, zur Seite, und als er nochmals betonte, es gäbe keinen Grund, das Konzert abzusagen, und er würde, falls sie Schwierigkeiten hätte, ihren Part, ja warum nicht, einfach mit übernehmen, musste auch die Schwedin herzlich lachen. Sie erhob sich, legte den Schal wieder über die Schultern, schlug vor, eine Flasche Wein aufs Zimmer bringen zu lassen, und damit schien die Sache erledigt.

Am nächsten Vormittag war Treja Sandberg ohne

Begleitung in den Boutiquen der Innenstadt unterwegs, kaufte aber nichts. Offenbar wollte sie sich lediglich ablenken. Auch zu Mittag aß sie allein, um danach im Englischen Garten spazieren zu gehen. Eine Stunde vor dem Beginn der Vorstellung saß sie in ihrer Garderobe, nahm die Ratschläge und guten Wünsche der Theaterleitung entgegen. Sie erklärte, dass sie guter Dinge sei, freute sich über die Blumen, die Marozzini ihr überreichte.

Ob man die Tür geschlossen habe, wollte sie wissen.

»Aber ja«, versicherte Marozzini.

Und dann war es so weit. Nach einem letzten Blick in die Partitur, die Musiker hatten ihre Plätze eingenommen, nachdem der Dirigent die Sänger auf die Bühne begleitet hatte und die Lichter im Zuschauerraum erloschen waren, hörte man den Auftakt mit der Hörnerfanfare. Das Münchner Cuvilliés-Theater präsentierte Mahlers *Lied von der Erde* und danach ein Streichquartett von Gabriel Fauré, und nun verlief alles, wie man es erwarten durfte und wie es in einem ausverkauften Haus selbstverständlich war.

Oder irrte man sich? War die Verunsicherung, das quälende Erinnern, war die Angst der Treja Sandberg vor dem Nachlassen ihrer Stimmkraft, ja vor dem Älterwerden so groß, dass sie, wie auf den Proben, wieder Mühe haben würde durchzuhalten?

Als sie sich dem Morendo näherte, als die Celesta aufzuspielen begann, als sie gefordert war, den unwiderruflichen Abschied zu vollziehen, hatte man den Eindruck, dass sie aufschluchzte, als würde ihr die Stimme versagen. Aber ehe Marozzini dazu kam, das zu tun, was er versprochen hatte, nämlich einzuspringen und einen Part zu singen, der ihm nicht zustand, hatte sich die Sandberg wieder gefangen. Sie sang weiter, immer nur weiter, bis zum Schluss, bis hin zu dem Wörtchen »ewig« und bis zu dem aufbrausenden Beifall, von dem man nicht sicher sagen konnte, ob es ihr letzter war.

Hartmut Lange im Diogenes Verlag

Die Waldsteinsonate

Fünf Novellen

Novellen, die vom Zustand jener Unglücklichen erzählen, denen das Bewusstsein ein besonderes Verhängnis war. Novellen über Nietzsches Wahnsinn, die Goebbels-Kinder, den rätselhaften Freitod von Kleist und Henriette Vogel, den Nihilisten Alfred Seidel, der, kaum neunundzwanzig Jahre alt, in einer Erlanger Nervenklinik endete, und über eine Jüdin, die mit einem ss-Mann, ihrem Mörder, spazieren geht.

Die Selbstverbrennung

Roman

Die Nachricht von der unfasslichen Tat eines Pfarrers, der sich während eines Gottesdienstes selbst verbrannt hat, zieht die beiden Hauptpersonen des Romans in ihren Bann. Sempert, der in einem kleinen Dorf an der Elbe Ruhe sucht, um ein Traktat zu schreiben, vermag seine Erschütterung nur ungenügend zu überspielen. Koldehoff aber, der Pfarrer dieser Gemeinde, noch vernunftverhafteter und an seinem Unglauben verzweifelnd, kokettiert mit dem Gedanken, es dem Unglücklichen gleichzutun. Dass Koldehoffs Tochter und Sempert sich ineinander verlieben, bestärkt diesen noch in seiner kritischer werdenden Haltung gegenüber dem lebensfeindlichen Vernunftsdenken … bis ein anderes Ereignis Sempert und Koldehoff wieder auf ganz verschiedene Weise betrifft und betroffen macht.

Das Konzert

Novelle

Die Grenze zwischen der Welt der Toten und der der Lebenden verschwindet, und obwohl die Toten sich außerhalb der Zeit befinden und für sie alles so geblieben ist, wie es zum Zeitpunkt ihres Todes war, haben sie doch einen Blick für das Gegenwärtige.

»Hartmut Lange hat durch seine stilistische Zurückhaltung alle Einwände, dass ein Buch mit einem solchen Thema nur misslingen kann, überzeugend widerlegt.«
Werner Fuld / Frankfurter Allgemeine Zeitung

Auch als Diogenes Hörbuch erschienen, gelesen von Charles Brauer

Tagebuch eines Melancholikers

Aufzeichnungen der Monate
Dezember 1981 bis November 1982

»In diesen Aufzeichnungen von 1981/82 präsentiert sich Hartmut Lange als ein nachdenklich betrübter Deutscher, der im Blick auf Nietzsche, Schopenhauer, auf Alteuropas Bildungswelt die heutige karge Szenerie des ›Geisteslebens‹ besieht. Ein Mann denkt über deutsche Krisen heute nach.«
Friedrich Heer / Die Furche, Wien

Die Ermüdung

Novelle

Alles beginnt mit dem rätselhaften Tod seines Freundes Achternach. Merten beschließt, dessen Witwe Gerda und ihren alten Vater in Berlin aufzusuchen. Gerda ist seine Jugendliebe, und das Wiedersehen weckt Erinnerungen – vielleicht auch Zukunftspläne. Doch Gerda leidet an Wahnvorstellungen und führt Selbstgespräche, und im Haus herrscht eine bedrückende Atmosphäre, die Merten allmählich umschlingt.

»Ein kleines Meisterwerk.« *Die Presse, Wien*

Vom Werden der Vernunft

und andere Stücke fürs Theater

»Die hier vorliegenden Theaterstücke zeigen den Versuch, gegen ein herrschendes gesellschaftliches Bewusstsein anzuschreiben, das den Sinn für poetische Mitteilungen entweder noch nicht entwickelt oder schon wieder verloren hat.« *Hartmut Lange*

Die Stechpalme

Novelle

Lieber Eichbaum, Du wirst jetzt 60, und es kann Dir nicht gleichgültig sein, dass Deine Frau erst 41 ist. Manfred Eichbaum, Verleger von Kunst- und Fotobänden, erhält anonyme Briefe. Der Verfasser kennt sich sehr gut aus in Eichbaums Leben, privat wie beruflich. Eichbaum, der seit fast einem Jahr an einem gebrochenen Schienbein laboriert, wird zunehmend verunsichert. Wer steckt hinter diesen Briefen?

»In unserer Literatur spielt auf dem Instrument der Novellenkunst heute keiner so meisterlich wie Hartmut Lange.«
Walter Hinck / Frankfurter Allgemeine Zeitung

Schnitzlers Würgeengel

Vier Novellen

Vier Novellen von sprachlicher Eindringlichkeit und Dichte: *Herr Semmering · Schnitzlers Würgeengel · Die Mauer im Hof · Der Himmel über Golgatha.* Verbunden sind diese Novellen durch ein ihnen voranstehendes Motto Martin Heideggers: »In der Unheimlichkeit steht das Dasein ursprünglich mit sich selbst zusammen.«

»Wer die Melodie der Erzählungen eines Hartmut Lange erkannt hat, wird sie nicht mehr los.«
Susanne Schaber / Österreichischer Rundfunk, Wien

Der Herr im Café

Drei Erzählungen

Drei Novellen über drei Künstler, die den großen Erfolg hinter sich haben und sich nun nicht einem Publikum, sondern dem Geheimnis der Zeit stellen müssen. Hartmut Lange beschreibt den Einbruch des Magischen in das alltägliche Leben. Wie unter Zwang streben seine Figuren danach, sich in diesen Abgrund hinter der Realität zu stürzen und ihr als normal definiertes Leben hinter sich zu lassen.

Eine andere Form des Glücks

Novelle

»Die Wahrheit liegt im Verschwinden« – ein verwirrender Satz, der sich wie ein roter Faden durch das Buch zieht und manches Rätsel aufgibt. So wie das Leben der Corinna Mühlbauer, der Freundin des renommierten Berliner Statikers Kippenberger. Immer wieder entzieht sie sich auf eigenartige Weise ihren Mitmenschen. Die Irritation, die sie verursacht, ist so stark wie die Anziehung, die sie ausübt. Was für eine Form des Lebens führt sie, welches besondere Glück ist ihr beschieden?

Irrtum als Erkenntnis

Meine Realitätserfahrung
als Schriftsteller

Irrtum als Erkenntnis – eine intellektuelle Autobiographie, die sich mit den prägenden Ideologien und Glaubensfragen des 20. Jahrhunderts auseinandersetzt. Teil I beschreibt den Bildungsweg eines Außenseiters in der DDR. Teil II versammelt Essays und Aphorismen von kristalliner Schönheit und Gedankenschärfe. Teil III umfasst drei Vorträge, die im Wesentlichen um Sinn und Aufgabe von Kunst und Wissenschaft heute kreisen.

Gesammelte Novellen

in zwei Bänden

»Ein erzählerisches Gesamtwerk, das sowohl mit seiner sprachlichen Qualität, mit seinen gedanklichen Perspektiven wie auch mit seiner humanen Behutsamkeit in der deutschen Gegenwartsliteratur seinesgleichen sucht.« *Die Welt, Berlin*

Leptis Magna

Zwei Novellen

Zwei meisterhafte Novellen über Krisen und Lebenslügen, über die Balance zwischen Bodenhaftung und Selbstverlust, über Bindungsängste und den Sog der Selbstauflösung. Novellen von irritierender Schönheit und von geradezu metaphysischer Transparenz.

Der Wanderer

Novelle

Es ist mehr als nur eine Schaffenskrise, was den erfolgreichen Schriftsteller Matthias Bamberg aus dem Berliner Alltag in die verwirrende Welt Kapstadts aufbrechen lässt. *Der Wanderer* ist die Geschichte einer Verstörung, in der sich die Realität zu verflüchtigen und die Welt der Erscheinungen zur Substanz zu verdichten beginnt – vom Autor in kunstvoll schwebender Balance gehalten.

Der Therapeut

Drei Novellen

Berliner Seen, verschwiegene Gewässer mit ungeahntem Sog: der ideale Ort, um zu verschwinden – oder jemanden verschwinden zu lassen. Ihr Gegenstück, die ausgeleuchtete Öffentlichkeit: eine Theaterbühne als Ort für einen kunstvoll inszenierten Abgang.

Der Abgrund des Endlichen

Drei Novellen

Ein verjährter Mord und seine Sühne. Ein Historiker im Sog der Vergangenheit. Der abgründige Eros eines Studienrats. Drei Novellen, die eines gemeinsam haben: Sie beschreiben die Suche nach Glück über dem Abgrund des Endlichen.

»Für Hartmut Langes Novellen von Geschichtsversessenheit und Geschichtsvergessenheit, Schuld und Sühne gibt es nur ein Wort: meisterhaft.«
Rheinischer Merkur, Bonn

Im Museum

Unheimliche Begebenheiten

Das Deutsche Historische Museum in Berlin – ein »Schuppen voller Plunder«? Oder ein Ort, der Geschichte sichtbar macht? Mit Sicherheit ein Ort der irritierenden Erscheinungen …

»Sprachlich gelassen und mit der Diskretion eines Beobachters, der selbst über seine Helden staunt, erschafft Hartmut Lange klaustrophobische Miniaturen.« *Claudia Ihlefeld / Heilbronner Stimme*

Das Haus in der Dorotheenstraße

Novellen

Fünf Novellen, die im Südwesten von Berlin spielen und durch die sich der Teltowkanal mit seinen schwarzen Krähen, versteckten Villen und unwegsamen Waldstücken wie ein roter Faden zieht. Darüber ein Himmel, der durch eine Aschewolke plötzlich verschlossen wird.

»Ein weiteres Mal hat uns Lange in Form seiner fünf neuen, makellosen Novellen ein literarisches Ereignis beschert, und er wird es, was zu hoffen bleibt, noch lange weitertun.« *Kölner Stadt-Anzeiger*